Je t’appelais

« Maman chérie »

Il est donné à l'enfant d'en savoir plus que ses parents, les ayant regardés.

Pierre Drieu la Rochelle

En vouloir à sa mère n'est qu'une façon négative de s'accrocher à elle, toujours.

Nancy Friday

À mes enfants

Avertissement :

Ce livre regroupe les lettres adressées par Emma à sa mère. Elle a 10 ans lorsqu'elle écrit les premières lettres. Les fautes d'orthographe ont été reproduites ainsi qu'elle les avait écrites à l'époque.

1982

16 juillet 1982

Ma maman chérie

Je t'écris pour te dire que tout va bien et il fau pas que tu te faces du soussi. Mamie es très gentille et avec papi on va à la peche et aussi des fois dans le jardin. Et mamie me prepare des bons plats comme j'aime. Le soir, je vais me coucher tot, comme sa je peux me lever avec le soleille et c'est joli de regarder la campagne par la fenetre. Et de ma chambre je sens l'odeur du pain griyé et je prends la confiture de prunes de mamie pour mes tartines.

On était triste parce qu'ils ne sont pas venu à Paris le mois dernier pour mon anniversaire. Mamie m'a dit : cette année sa c'est compliqué avant de partir alors on est resté a la campagne. Je sais pas ce qui s'est compliqué mais j'ai pas demandé. On a fait avec mamie un gros gateau au chocolat, avec dix belles bougies roses et même mamie a acheté des fleurs en sucre rose aussi et c'était très bon. Après le gateau on a mis de la musique et j'ai dansé dans le salon et je me suis beaucoup amusée. Mon cadeau es super, c'est une belle maison de poupée, sof que j'ai pas de poupée, alors on en a inventé avec mamie. Papi, il est rigolo. Il a dit : "Si, elle a une poupée." Mamie a dit : "chut !" Mais la maison est belle, avec des fenetres qui s'ouvre et se ferme, et un grand salon et une salle de bain avec une bégnoire comme tu as, avec les pieds qui ressemble au pieds des tigres. J'ai pris les pelotes de laine de mamie et sa fait les poupées, on a mis des boutons pour faire les yeux. Et maintenant je joue beaucoup avec et je m'invente des histoires et souvent je me dis qu'il y a une belle maman comme toi et une drôle de fille comme moi.

Il fait très beau et c'est bien je vais dans le jardin pour profiter du soleille. S'est joli le jardin avec le soleille.

Je vais faire tout le travail que tu a mis dans la valise et je suis sage come tu veus que je sois sage. Les cahiers de travail sont très jolis mais il y a beaucoup à faire alors je vais être très ocupée.

Je te fais des gros gros gros bisous et je t'aime fort fort. Et embrasse aussi papa.

28 juillet 1982

Maman adorée

Merci beaucoup pour ta lettre. Je vais toujours bien mais tu me manques beaucoup beaucoup, alors je suis contente que tu sois ici dans trois jour. Je fais attenssion à ne pas faire trop des faute quand j'écris mais tu sais c'est gentil que tu as corrigé ma lettre. Des fois c'est trop dur le français et il faut pas que tu sois fachée si je fais des faute. Papi il dit c'est pas grave c'est les vacances et qu'il faut que je me repose alors je fais comme tu veux mais des fois je fais comme dit papi. Ca fait bizarre parce que je sais pas si j'obéis à toi ou à lui, et surtout je sais pas à qui je dois obéir. Mais comme je suis chez mamie et papi, je me dis que c'est un peu comme toi, alors je leur obéis aussi.

J'apprends à m'occupé du jardin et des plantes avec papi, meme s'est rigolo de coupé les haricots. Il me dit le nom de toutes les plantes. Je ne sais pas si je peux tout retenir, il y en a beaucoup. Mais je sais faire la diférence entre la lavande et la sauge et le thym et meme avec les yeux fermés !
Mamie m'a donné une photo de toi quand tu as mon âge et c'est drôle parce que elle dit que je te ressemble beaucoup mais toi tu avais des cheveux très longs et moi ils sont tout court comme un garçon. Moi j'ai pas trop aimé quand tu les as fait couper en disant au coiffeur "Trop de boucles à coiffer, trop de travail pour moi. Faites quelque chose de court, que je n'ai pas à perdre du temps le matin." Toi, tu avais les cheveux longs et tout raides comme ceux des poupées chinoises chez le marchand. Alors je me reconnais pas trop dans la photo mais je la garde avec moi, elle est sur la table de nuit près de la lampe et je te vois le soir avant de dormir, comme si j'étais avec une fée qui me protège.
Plein de gros gros bisous ma maman, je t'aime fort tu sais. Tu as eu mon dessin avec tous les coeurs ? Tu embrasse aussi papa pour moi, très fort.

Emma

31 juillet 1982

Ma maman chérie

Mamie et papi m'ont dit que tu n'avais pas pu prendre le train pour venir me chercher parce que c'était compliqué avec ton travail et les heure de train mais que tu viens quand même à la fin de la semaine avec la voiture de papa sof que tu sais pas si tu viens vendredi ou samedi. Moi je trouve que le travail c'est trop dur parce que je ne peux pas te voir et il faut attendre encore.
Moi sa va mais maintenant je m'ennuie un peu parce que il pleut depuis longtemps et je suis dans la maison alors je m'ennuie. J'aimerai beaucoup que tu sois là vendredi. Après sa fait trop loin et j'aime bien être un peu avec toi.

J'ai corrigé mes fautes dans ma lettre que tu m'a renvoyé et comme sa c'est bien pour m'aider pour l'école. Je sais que c'est très important et j'ai bien compris que pendant les vacances il ne faut pas oublier tout, même si papi dit que les vacances c'est les vacances, c'est pas fait pour se bourrer le crane avec des formules de mathématique. On a fait les cahiers d'exercice avec mamie, mais papi le sait pas, on l'a fait quand il faisait sa sieste. Tu vas voir, j'ai tout fini, tu vas être fière de moi !

Viens vite ma maman - fée que j'aime fort.

Gros gros bisous, et gros bisous à papa.

Ta petite Emma

1983

9 juillet 1983

Ma maman chérie

Je vais très bien. Et les vacances commencent très bien même s'il ne fait pas beau.
J'aide beaucoup mamie qui va bien aussi et qui m'a demandé si tu vas bien et si je suis sage avec toi. J'ai dit oui et oui, mais j'ai trouvé que c'est bizarre qu'elle demande parce que tu dis souvent que tu l'as appelée alors elle doit savoir comment ça va.
Papi m'apprend à faire des mots croisés mais c'est pas facile du tout. Parfois je fais une drôle de tête, alors il me dit : "Mon petit canard réfléchit beaucoup !", et ensuite il me fait un gros bisou sur le front. Je préfère quand même quand on va au jardin, et qu'il m'apprend des nouveaux noms de fleurs et de plantes. J'ai retenu beaucoup des noms de l'année dernière. J'ai confondu un nom aussi, j'ai appelé le rutabaga : le bar-tabac. Ca l'a beaucoup fait rire. Après il m'a demandé comment je connais le nom alors j'ai dit que c'est là où je t'attends quand tu es en retard pour venir me chercher à l'école. Après, il n'a plus ri.

Ça va être un peu long jusqu'à début août sans te voir. Je sais que tu as beaucoup de travail et je sais aussi que tu as besoin d'être un peu seule avec papa, comme tu me l'a dit. J'aime pas me dire que je vous prends du temps, alors c'est bien si vous êtes tous les deux.

Demain on va aller avec papi voir si on peut attraper des grenouilles dans la mare, c'est rigolo.

Gros bisous, je t'aime fort fort.

Ton Emma

18 juillet 1983

Ma maman chérie

C'est chouette de t'avoir eu au téléphone hier, j'étais vraiment contente de t'entendre, parce que tu me manques et je pense beaucoup à toi.
Je t'ai dit quand j'ai écris que papi et moi on allait pécher les grenouilles. J'ai pas eu le temps de te raconter au téléphone hier parce que tu été préssée, mais c'était rigolo, elles sautaient partout et j'étais toute mouillée après. C'est amusant les grenouilles, ça glisse dans les main et moi j'aime bien aller les chercher. Et elles ont des belles couleurs verte et un peu dorée, comme si le soleil se cachait dedans, ou comme si elles avaient roulé dans de l'or. C'est les tétars que j'aime pas parce qu'il faut grater dans la vase et c'est pas très propre. Et ça sent pas très bon, et en plus c'est pas très beau.

Il y a un agneau à la ferme qui est né avant hier et il est super mignon alors je vais le voir le matin. Et aussi je bois le lait de la

vache juste quant il est tout chaud et c'est très bon. Mais je n'arrive pas à la traire, c'est trop dur et ça fait mal aux mains. J'aimerais bien un jour aller à la ferme avec toi, on pourrait bien s'amuser. Moi j'aimerai bien plus de temps avec toi même si je sais que c'est pas ta faute si c'est pas souvent qu'on est ensemble.
Je te fais des énormes bisous. Et aussi plein et plein d'énormes bisous à papa, t'oublie pas de lui dire ma maman s'il te plait.

Je t'aime très fort.

25 juillet 1983

Ma maman d'amour

Je sais que tu n'étais pas contente que j'ai sali les vètements quand on a vu les grenouilles, mais mamie a tout lavé et ça va maintenant, on ne voit plus les taches alors ne te fais pas de souci. Tout est propre pour quand je rentre et maintenant on reste beaucoup dans le jardin et on fait des jeux de cartes ou des coloriages. Et aussi on a ressorti la maison de poupée et les pelotes. Elles ont de la poussière mais je les ai bien frottées et ça va. Mamie elle dit qu'il faudrait pas que j'ai les memes vètements ici qu'à Paris parce qu'ils sont trop beaux pour la campagne, mais papi a dit que tu devais pas vouloir dépensé d'argent pour ça. Je sais pas pourquoi il a dit ça parce que des vètements tu en achètes beaucoup meme si c'est très souvent pour toi. Moi je suis petite encore alors je peux attendre pour avoir plus de vètements. Mamie a fait les gros yeux aussi quand papi a dit ça, alors j'ai dit qu'il faut pas se fâcher et que tu es comme une fée pour moi et que c'est normal si avec le travail tu as oublié de mettre des vètements de campagne.

Et j'aime pas quand papi il fait des réflexions. C'est méchant et ça me rend triste parce que c'est ton papa et moi mon papa je sais qu'il ne fait pas des réflexions comme ça. Alors aussi après je me dis que moi j'ai de la chance et que ton papa il devrait être comme mon papa et que toi t'as pas de chance ma maman.

Tu me manques et j'aimerai bien te voir mais je sais que je dois attendre encore dix jours mais c'est très long et parfois je m'ennuie un peu, mais sinon ça va. Le soir je regarde les étoiles et après, je ferme les yeux, et je pense que tu es à côté de moi. Alors, je vais dormir. J'ai laissé la photo que mamie m'a donné l'année dernière sur la table de nuit. Je lui envoie un baiser mais c'est pour toi. Et on va faire un cadre avec papi parce que j'ai peur qu'elle s'abîme. J'ai demandé à papi et il est d'accord mais il a encore soupiré et dit : "Tout s'abîme". Je comprends rien aux grandes personnes qui sont tristes ou énervées et je peux pas les consoler.

Et toi ça va ma maman ? Tu ne me dis pas dans la lettre si ça va. Alors après je suis inquiète. Et papa, ça va ?

Viens vite maman.

Ton Emma chérie à qui tu manques beaucoup, maman.

1984

11 juillet 1984

Ma petite maman chérie

Tout va bien, et papi et mamie sont toujours aussi super gentils. Je leur ai montré les photos du camp scout et ils ont dit que ça avait l'air super bien et j'ai dit oui et ils ont demandé si toi tu trouvais ça bien alors j'ai dit non maman elle n'aime pas trop que j'aille aux scouts. J'ai dit que tu dis souvent que c'est débile mais que comme il y a ma copine Sophie alors tu me laisses y aller cette année. Mais je sais que c'est le seul été où je pourrai. C'est dommage quand même parce que tu sais j'ai vraiment trouvé ça sympa d'être avec mes amies et puis aussi de dormir sous la tente. Sophie, c'est ma meilleure amie et on s'amuse beaucoup. J'ai raconté tout ce qu'on a appris et papi a dit qu'un soir s'il fait beau on fera aussi un feu de camp. Et tu sais pour les scouts et pour Sophie papa a dit que c'est bien pour moi parce que ça me rend plus responsable et indépendante mais je te comprends si toi tu as aussi peur que je me blesse et que tu dises non pour le camp.

Cette année papi va me faire faire un potager et je trouve chouette d'apprendre à s'occuper des plantes, surtout que je connais bien leurs noms maintenant. Il dit que la campagne c'est fait pour être dehors et même si le soir on est sale, on a pris le bon air et il dit que toi quand tu étais petite, les taches ça ne te génait pas. Des fois ça m'ennuie quand papi il dit des choses comme ça sur toi parce que c'est comme s'il était en colère ou quelque chose comme ça. En fait il a l'air en colère mais je sais que c'est pas contre moi, alors je comprends pas ce qui le met en colère comme ça. Après, il pousse un soupir. Et puis il pose la pelle ou le rateau. Il prend une cigarette et il me dit : "le dis pas à mamie, c'est notre petit secret". Dis maman, tu le diras pas à mamie ? Dis, maman, pourquoi il faut faire des secrets ? Et pourquoi il ne faut pas dire certaines choses aux gens ? Toi, tu dis qu'il ne faut jamais mentir et que le mensonge, ça fait la bouche sale et les yeux méchants. Mais faire un secret, c'est mentir, ou c'est pas grave ? Je me pose plein de questions comme ça en ce moment, et quand il y a trop de questions, je secoue la tête fort fort, en me disant qu'elles vont sortir par mes oreilles.

Je vais aussi faire un herbier avec mamie, avec les feuilles du jardin quand on l'aura tout nettoyé avec papi. On a acheté un joli cahier, et j'ai déjà un coquelicot qui sèche dans un livre, et mamie m'a dit qu'elle me montrerait comment le coller et le protéger sur la couverture. J'ai dit quelque chose après, et mamie m'a regardé d'un drôle d'air. J'ai dit : "Comme ça je verrai le temps qui passe et les souvenirs qui sèchent". Je sais que mamie l'a dit à papi à un moment où elle croyait que je ne les entendais pas ; et il a répondu : "Cette petite a des pensées qui ne sont pas de son âge". Tu crois que je ne suis pas de mon âge ? Tu crois que c'est bébé de penser comme ça, maman ?

J'aimerai qu'on en fasse dans un bac à Paris si tu es d'accord. (Pas un herbier, un potager, je rigole, je sais que tu as compris !)

Je t'aime et je t'embrasse fort fort. Papa va bien ?

Emma, ta collectionneuse de petites fleurs !

18 juillet 1984

Ma maman

Comme tu as écris que tu ne veux pas que je me salisse, on n'a pas fait le potager. C'est bête, ça avait l'air drôlement sympa comme activité. Mais papi a dit non, on ne va pas mettre ta maman en colère. Alors comme j'étais déçue on est allé voir le feu d'artifice. Avec papi on a compté les couleurs et surtout il y avait beaucoup de rouge et de vert mais j'ai pas vu de couleur bleu, et j'attendais parce que c'est ta couleur préférée et comme ça c'est comme si tu aurais été là. Et après, ils ont été gentils, je suis un peu restée pour le bal, mais pas tard. Il y avait un garçon très beau et avec un pantalon blanc, t'aurais vu c'était come un prince charmant dans les contes que je lis quand je vais dormir. Voilà, toi tu es une fée, et ce soir j'ai vu un prince. Alors ça fait de belles vacances.
A dix heures on est parti mais c'était bien et comme ça aussi je me couche tôt et me repose comme tu aimes.
Je crois que je fais moins de fautes parce que tu me corriges moins.

J'espère que je ne te déçois pas.

Ton Emma qui t'aime et t'embrasse très très fort. Embrasse fort papa pour moi ma maman – fée.

28 juillet 1984

Maman que j'aime

Je regarde tous les jours dans la boîte aux lettres pour voir si tu as écris et aujourd'hui c'est une très jolie journée parce que tu m'as envoyé une jolie carte avec Titi. Il me fait beaucoup rire parce qu'il fait tout le temps des farces et j'aime beaucoup aussi faire des farces alors papi a dit qu'il va m'appeler Titi.
Mamie va bien, et elle est gentille avec moi, et papi aussi. Ils sont toujours gentils avec moi, alors je ne sais pas pourquoi tu poses la question, il ne faut pas que tu t'inquiètes. Ils ne racontent pas des histoires, et je fais attention depuis qu'on a parlé des secrets, je ne veux pas en faire alors c'est pour ça aussi que j'essaie de penser à tout te dire, comme si tu étais là. Et comme tu me l'as dit je fais ce que je peux pour les aider et apprendre à m'occuper d'une maison. Mamie m'a dit que ce n'est pas à moi de faire le ménage. Moi ça m'est égal puisque je le fais déjà dans ma chambre à Paris. Elle trouve que je fais trop d'efforts, mais j'aime beaucoup quand ça brille, tu sais, comme quand je fais briller la baignoire après le bain.
Tu sais maman, là les vacances maintenant ça dure un peu longtemps, et toi tu me manques beaucoup et j'aimerai te faire des gros calins quand on va se voir.

Je dis rien parce que tu m'as dit que c'est eux qui veulent que je passe le mois de juillet chez eux. Je me souviens quand tu m'as dit : "Ils sont vieux et un jour ils ne seront plus là, alors tu dois en profiter, tant pis pour moi si je ne peux pas, tu peux le faire à ma place." Ça me fait plaisir parce que je sais qu'ils sont vieux meme s'ils n'ont pas l'air vieux. Et ça me fait aussi de la peine parce que je ne veux pas qu'un jour ils ne soient plus là, ou sinon je veux qu'ils soient comme les anges gardiens. Tu crois que ça peut être aussi des anges gardiens les grands-parents quand ils sont morts ? Sans te voir c'est quand même long, parfois je sais pas quoi faire. Et alors je me dis que tu dois être triste aussi si tu es obligée de m'envoyer chez papi et mamie. Je comprends pas pourquoi tu es obligée. Mais tu me dis qu'il faut pas te dire non alors je crois que quand ils demandent, tu dois pas dire non aussi à tes parents, je crois que c'est ça.

L'année prochaine j'espère que tu pourras venir me chercher plus vite. Et que tu pourras rester un peu avec moi.
Je sais que tu es là dans cinq jours.

Je te fais des gros gros bisous ma maman chérie. Et j'embrasse papa.

Emma

1985

6 juillet 1985

Maman chérie,

Le voyage s'est bien passé avec papi et nous n'avons eu aucun problème, mais il était tout de même fatigué en arrivant et avait mal au dos. C'est bête qu'on a pas pu venir toutes les deux en train, parce qu'on aurait pu parler un peu, je ne t'ai pas vu beaucoup cette année, et surtout depuis que tu as changé de travail. Il a rien dit contre toi mais il était tout ronchon et c'est pas très agréable d'arriver et de le voir comme ça qui dit que c'est plus de son âge. Moi j'ai l'impression de le gêner un peu, et ça me fait mal dans le ventre, alors je fais ce que je peux pour l'aider. J'ai voulu porter son sac, mais il s'est fâché en disant que ce n'est pas à moi de le faire, que ce n'est pas parce que je suis habituée à tout faire pour les autres que je dois le traiter comme un invalide. J'ai cru que j'avais fait une bêtise, et j'avais plein de larmes dans les yeux. Papi m'a pris dans ses bras et m'a demandé de l'excuser. J'ai dit que je l'excusais mais je ne suis pas sûre que c'est vrai parce qu'il m'a fait beaucoup de peine, et j'en avais déjà depuis le matin, puisque je me suis reveillée trop tard pour te dire au revoir. En fait je fais de la peine à toi en ne pensant pas à me lever et à papi en l'obligeant à venir. Je vais apprendre à faire plus attention aux autres, et puis surtout maintenant que j'ai treize ans je ne suis plus du tout un bébé alors vraiment je vais m'appliquer.

Mamie m'a acheté un beau foulard pour m'attacher les cheveux. Elle m'a dit que maintenant qu'ils poussent, ce serait plus joli, et que tu te coiffais comme ça à mon âge. Le foulard est bleu avec des fleurs, ça fait vraiment joli avec la robe bleue, même si elle est trop petite, mais bon comme tu l'as achetée l'année dernière et ça va encore, si je me tiens droite et que je ne respire pas trop. Et puis comme tu as choisi pour moi que des vètements bleus, comme ça ça ira toujours bien. Papi m'a demandé si je porte d'autres couleurs, alors j'ai répondu que j'y pense pas parce que c'est toi qui choisis pour moi et moi ça me va. Et encore il a fait son gros soupir alors moi je vais te dire quelque chose mais là c'est vraiment un secret, c'est que j'aime plus trop papi quand il est comme ça. Donc en fait des fois je l'aime et des fois je l'aime plus. Mamie m'a dit que je devenais une vraie jeune fille et même elle a demandé si t'es contente que je grandisse, mais j'ai répondu que je ne sais pas, des fois tu dis que je suis une grande perche avec des boutons. Alors mamie elle a fait la grimace, mais elle n'a plus rien dit. Elle avait sa tête toute frippée, ça me fait rire et peur en meme temps, je ne sais pas si c'est contre moi ou contre elle. Et ensuite on a fait un gateau parce qu'elle dit qu'il faut manger quand on grandit. Et puis elle a dit que je suis un trésor. C'est gentil et ça me fait plaisir surtout que j'ai de la peine si je les dérange. Alors je me dis qu'un trésor ça ne dérange pas ; et ça me fait aller mieux.

Je vais aller me promener un peu au marché demain matin et voir si je trouve un joli cadeau pour toi, peut-être un foulard aussi, comme ça on pourrait se coiffer pareil, pour que je te ressemble un peu plus. Ça te ferait plaisir ?

Je t'embrasse fort.

Ton Emma

15 juillet 1985

Maman,

Je suis un peu fatiguée mais c'est normal. Hier c'était super, c'était la plus belle journée de ma vie. On a fait la fête avec tout le village, et avant-hier aussi pour le 14 juillet. C'était magnifique, la place du village était toute décorée avec de belles fleurs et des ballons et des guirlandes, et je suis restée un peu plus tard au bal même si je ne sais pas danser. Il y avait des tas de gens qui riaient et qui s'amusaient et qui dansaient, et des robes qui tournaient, tournaient comme des ballons, et moi je les ai tellement regardées tourner que j'avais presque le vertige. Papi riait en me regardant, il m'a dit : "Emma, on dirait que tu es saoule !". Je sais que ce n'est pas un reproche, il riait tellement. Alors je me suis dit que c'est bizarre de boire et de sentir tout tourner. Et puis j'ai pensé à toi quand tu es rentrée l'autre soir, et que papa a dit : "Tu es saoule". Je croyais qu'il était fâché, mais grâce à papi j'ai compris. Il s'amusait parce que toi aussi tu tournais, tournais, comme une libellule.

Mamie va m'aider pour relire la lettre pour l'orthographe, ne t'inquiète pas. Je croyais que je n'avais pas fait beaucoup de fautes dans la précédente, tu dis que si mais tu ne m'as pas renvoyé la lettre, alors je ne sais pas quelle faute j'ai fait.
Tu as raison, le savon que je t'ai trouvé au marché était un peu petit, mais je voulais quand même te faire un cadeau et il n'y avait plus de foulard. Si tu préfères un foulard j'irais en chercher un avec mamie. C'est bien si tu as eu le savon quand même.
Embrasse très fort papa et dis-lui aussi qu'il me manque aussi s'il te plait.

Gros bisous

Emma

29 juillet 1985

Maman que j'aime

Excuse-moi de ne pas t'avoir écrit depuis longtemps. Hier quand j'ai reçu ta lettre et que tu m'as dit que tu t'inquiétais j'étais vraiment embêtée. Papi m'a dit de ne pas m'en faire, mais quand même ce n'est pas gentil de ma part et je me suis dit que papi, il devrait comprendre que tu as de la peine. Je crois qu'il ne veut pas que je me fasse de souci mais aussi alors il faut qu'il m'aide pour corriger les fautes ou même des fois il faut que je sois moins dehors avec lui et comme ça j'ai plus de temps dans la journée pour écrire. Avec mamie, ils aiment quand je suis dehors et que mes joues sont toutes roses avec le soleil, ils me disent tout le temps que c'est les vacances, que j'en fais assez toute l'année. Ils me disent aussi que je suis une bonne élève, et qu'il ne faut pas être trop exigeant avec les enfants. Et moi ça m'agace quand ils parlent comme ça, j'ai l'impression qu'ils te critiquent et qu'ils font exprès de faire le contraire de ce que tu veux pour moi.

Je voulais te parler de ça et que tu leur dises que tu fais tout bien pour moi, parce qu'ils ne m'écoutent pas quand je dis : maman veut que…. Mais j'ai essayé souvent de te téléphoner et tu ne répondais pas alors j'étais un peu déçue de devoir dire tout toute seule, et triste aussi de ne pas t'entendre. Et aussi, je voulais te dire que tous mes jours sont les plus beaux jours avec toi, mais quand même le 14 juillet c'était très très bien.

L'année prochaine je n'irai pas au bal si tu ne veux pas. C'est dommage, il y a beaucoup de gens de mon âge que je ne connais pas, alors ça me ferait des amis quand je viens ici. Tu as raison et je t'écoute, ce n'est pas normal de sortir aussi tard à mon âge et je dois penser à mes grands-parents que je fatigue. En plus, je t'avais fait la promesse de penser aux autres, et cette fois je ne l'ai pas fait. Je sais que tu aimes quand je tiens mes promesses. Ici, il y a le chien pour jouer et papi aussi qui m'apprend encore des nouveaux jeux. On fait des parties de jacquet et il veut installer un jeu de croquet dans le jardin. C'est amusant parce que ces jeux sont nouveaux pour moi, alors qu'ils sont très anciens. Nous jouons avec les jeux que tu avais petite. Papi voulait en acheter des neufs, mais j'aime bien me dire que tu jouais aussi à ça. Je t'imagine quand tu jouais et quand tu portais des foulards, comme je le fais maintenant. Aujourd'hui tu n'as plus jamais le temps de le faire, ma pauvre maman. Tu dois être triste mais j'espère que tu es heureuse de savoir que je le fais un peu grâce à toi.

Papi et mamie se donnent beaucoup de mal. On a fait plein de choses et j'ai passé un très bon été, papi est plus en forme et moins fatigué que l'été dernier mais comme il était malade cet hiver il a encore ses médicaments. Mais il était plus gentil alors maintenant je l'aime encore. Au début j'étais triste de ne pas savoir qu'il avait été malade mais après ils m'ont expliqué que c'est sûrement parce que tu ne voulais pas que je me fasse de souci pour lui. Merci ma maman de me protéger. Là, je sais que ce n'est pas un secret, c'est pour que je ne sois pas inquiète.

Mamie a dit que tu viens à la fin de la semaine mais on verra bien ; et de toute façon moi ça va là.

Gros bisous à papa.

Je t'embrasse et je t'aime. Embrasse papa. J'aimerai bien avoir de ses nouvelles mais je sais que tu lui dis que je l'aime.

Emma

1986

8 juillet 1986

Chère maman

Je t'écris rapidement car je viens d'arriver à la maison. Mamie veut aller au marché avec moi, je vais en profiter pour poster cette lettre. Elle veut me laisser choisir ce que je veux pour le diner et aussi me montrer de belles robes qu'elle a vues et qui l'ont fait penser à moi. Je crois qu'elle veut me faire des surprises, mais elle trouve que je grandis vite et que je change beaucoup, et elle a peur de se tromper ou que ça ne me plaise pas. Ou que ça ne te plaise pas. Je ne sais plus exactement comment elle a dit ça, mais c'était comme si elle avait peur de toujours se tromper. Et comme j'ai peu de temps elle ne corrigera pas ma lettre cette année ; elle pense que ce n'est plus la peine car elle trouve que j'ai fait des progress assez admirables, tant en orthographe qu'en grammaire ou en vocabulaire. Qu'en penses-tu ?

Le voyage s'est bien passé ; papi a du s'arrêter sur la route quelques instants pour se reposer, mais partir à 4 heures du matin n'était pas raisonnable je pense. Si j'avais eu une clé j'aurais fermé la porte, puisque tu étais déjà partie à l'aéroport pour ton avion. Je me disais d'ailleurs que peut-être je pourrais avoir une clé cette année ; ainsi je n'aurais pas à t'attendre au café lorsque tu rentres tard de tes réunions.

Je suis contente de revenir chez mamie et papi. Micha est toujours là, ce vieux toutou si gentil. Il marche tout doucement. Il regarde toutes les fleurs et ensuite il secoue sa grosse tête comme s'il avait plein de pollen dans la truffe. Lorsqu'il entend que ça me fait rire, il penche la tête sur le côté et me regarde bizarrement, puis il remue la queue, il aboie et nous continuons la promenade. Papi a dit que tu n'aimais pas les chiens. Pourtant il n'y a que de la tendresse, de l'affection, de la douceur chez ces animaux.

Je t'embrasse très fort. Embrasse papa. Je vous écris très bientôt.

Emma

13 juillet 1986

Maman chérie

Je ne voulais pas que tu sois fâchée parce que je ne t'ai pas écrit depuis mon arrivée, sauf le premier jour. Tu me dis que tu n'as pas eu ma lettre, ce qui m'étonne car je me souviens très bien te l'avoir envoyée. J'avais même pris le papier à lettres que j'ai eu pour Noël. Ça m'a rendue triste toute la journée de t'entendre en colère et déçue ce matin au téléphone. Je crois que mamie t'a appelée pour te donner des nouvelles avant-hier. Tu dis que ce n'est pas le cas, alors peut-être que je me trompe. Papi m'a emmenée dans le potager et m'a dit : “Tu sais, il y a beaucoup de problèmes de courriers entre chez nous et chez ta mère." Ça ne m'a pas consolée, ni rassurée. Je ne sais pas pourquoi, je trouve qu'il avait un ton étrange en disant ça.

Mamie et papi veulent me distraire et que j'aille voir le feu d'artifice et le bal, mais je n'en ai pas envie. Je vais rester un peu sur le lit, je regarde par la fenêtre, et je me demande si toi aussi tu regardais de la même manière par la fenêtre quand tu avais mon âge, et si toi aussi tu rêvais et tu te demandais comment est le monde, ailleurs. Je me demande si toi aussi tu pouvais être triste, ou rester pensive pendant des heures. Je me demande comment tu étais, maman, quand tu avais mon âge. Tu n'en parles pas, mamie en parle peu, et j'aimerai tellement te ressembler.

Je te fais des bisous. Fais aussi de gros bisous à papa.
Ton Emma qui t'aime

17 juillet 1986

Maman

Papi et mamie étaient ennuyés que je ne veuille pas aller à la fête le 13 juillet, ils ont cru que j'étais malade. En fait j'avais prétexté que j'avais mal à la tête pour qu'ils ne sachent pas que j'étais triste de t'avoir fait de la peine. Tu te souviens ? Je t'ai raconté que j'étais restée sur le lit à regarder par la fenêtre. J'ai dit que j'avais la migraine. Mamie a murmuré à papi que c'était sans doute des histoires de filles. Et papi a ronchonné avant de dire : "Tu parles d'histoire de fille ! Des histoires de mère, plutôt !" Et là, je n'ai rien compris. Tu comprends quelque chose, toi ?

Je vais essayer de t'écrire beaucoup plus. Hier je voulais t'avoir au téléphone, mais tu n'as pas répondu. Peut-être que je t'ai dérangée en réunion, si c'est cela excuse-moi, je voulais juste entendre ta voix parce qu'elle me manque, parce que tu me manques. Parce que nous nous manquons toutes les deux, je crois, maman.

Je vais aller faire un tour au village. Je ne connais pas les gens de mon âge que je croise parfois mais ils ont l'air gentil et ça me plait de les voir sourire. Papi dit que je ne dois pas leur parler et que je sais ce qu'il va se passer si je leur parle mais, justement, je ne sais pas de quoi il parle. Je trouve souvent qu'il y a beaucoup de mystères ou de choses étrangement dites et que je ne peux pas comprendre mais sans doute est-ce parce que je suis encore bien jeune – que sait-on du monde quand on a quatorze ans ? Rimbaud écrit sur ses dix-sept ans, j'en ai trois de moins, et je voudrais être lumineuse comme il le fut. Je suis bien prétentieuse, tu as raison lorsque tu me le dis. "Emma, tu es une gamine, tu ne comprends rien." Je me pose beaucoup trop de questions, j'exige trop des autres, j'attends trop de vouloir tout comprendre et tout connaître. Connaît-on un jour tout ce que l'univers détient ?
Pardon maman, je m'égare. Je trouve simplement le monde si curieux, mais c'est peut-être moi qui suis curieuse. Tu dois avoir

raison quand tu dis : “Emma, tes questions me fatiguent, et tu m’épuises à en poser sans cesse. Tais-toi un peu.” Chercher à comprendre, à savoir, toujours et encore plus, n’est-ce pas à la fois vain et futile, et perte de temps, quand on a quatorze ans ?
Je vais dire à papi que je ne veux plus le voir râler dès que je parle de toi, dès que je dis ce que tu veux.

Je te fais des bisous et à papa aussi.

Emma

20 juillet 1986

Ma maman

Je pense que tu as du remarquer que je t’écris plus souvent. Tu dois être contente. Enfin j’espère que tu es contente. Lorsque je t’écris, c’est comme si le soir je te racontais ce que j’ai fait, et quand la lettre est finie, je ferme les yeux et je fais comme si tu étais là, assise près de moi, comme si nous parlions. Puis je me mets à la fenêtre de la chambre, je regarde les nuages quand il y en a, et je vois des fées ou des écureuils ; et parfois d’énormes dragons. Ceux-là ne viennent que lorsque j’ai de la peine. Et ces images me font sourire ; elles me rappellent papa, lorsque j’étais petite, qui me faisait lever la tête et dire ce que je voyais dans les nuages. J’avais de drôles d’idées je crois ; mais je les voyais vraiment, même si c’était invisible pour lui.

Alors papa passait la main dans mes cheveux et disait : “La tête dans les nuages pour oublier qu’il faut avoir toujours les pieds sur terre. Ton imagination se sauvera ma chérie.”
Il fait très beau depuis une semaine, et même chaud. Papi m’a emmenée au fleuve et je me suis baignée. L’eau était un peu froide mais c’était agréable, et il y avait des copains du village. Enfin, ceux que je connais pas mais que je vois quand on va au marché, ou aussi quand papi m’emmène boire un chocolat ou un sirop.
Pour le fleuve, mamie m’avait acheté un joli maillot de bain, je ne sais pas pourquoi tu ne voulais pas que j’en ai un. Tu dois avoir raison, mais tu te trompes quand tu dis que l’eau est polluée. Elle est toute claire et je t’assure qu’il n’y a pas de danger. Nous avons même appelé la station d’épuration. Je ne vais pas tomber malade ou attraper des problèmes de peau ou des poux. Toi aussi tu te baignais là, quand tu étais petite ? Papi ne répond pas à ma question quand je la pose. La seule chose qu’il réponde c’est : “A ton avis ?” et mon avis est que ce n’est pas une réponse.
Je t’embrasse et papa aussi, je l’embrasse fort.

Ton Emma

25 juillet 1986

Ma maman chérie

Je suis désolée si je t'ai trop écrit et que ça ne te laisse pas suffisamment de temps pour me répondre entre deux lettres. Je voulais te faire plaisir et je me rends compte que je deviens envahissante avec mes courriers. Si tu ne peux pas me répondre, ça n'est pas grave. J'aimerai bien aussi t'avoir au téléphone ; l'autre jour j'ai voulu t'appeler ; mamie m'a dit qu'elle ne pensait pas que c'était le bon moment. Je n'ai pas compris et je n'ai pas trouvé ça sympa, mais je n'ai rien dit. Ça m'étonne de mamie, je ne vois pas comment elle peut savoir ou décider si c'est le moment ou non. En plus j'étais en colère parce que je sais très bien que la veille au soir elle avait eu papa au téléphone, j'ai entendu son prénom, et je l'ai entendue parler, mais elle ne me l'a pas dit et quand j'ai posé la question, elle s'est presque mise en colère en me disant : "Non Emma, là tu te trompes!". Je sais que je ne me trompe pas, et aujourd'hui je ne me sens pas bien. Je trouve que mes grands-parents ne me font pas, ou plus, confiance ; ou plus exactement, qu'ils me mentent, me prenant pour une gamine. Et ça fait encore des secrets, et moi tout ça, ça me rend très malheureuse.

Tu sais, j'admire ta façon si calme de m'expliquer les choses, même lorsque je te déçois. Je sais que même lorsque tu es énervées, c'est que tu as une bonne raison, comme tu dis à chaque fois. J'ai de la chance que tu sois toujours là pour corriger mes erreurs lorsque j'en commets. C'est pour cela aussi que j'essaie de parler clairement, comme tu parles, en utilisant un vocabulaire appliqué. Ce n'est pas toujours facile et parfois j'ai l'impression de parler comme un adulte. Je manque de spontanéité. Et je t'avoue qu'être appelée "la prétentieuse", au lycée, me fait de la peine.

Je ne devrais pas me plaindre ainsi, pour des bêtises.
Nous en avons parlé cet hiver. Papi et mamie ne peuvent pas avoir le même état d'esprit que toi ou moi. Ils vivent depuis toujours ici, dans leur campagne, ce qui les coupe du monde et de la réalité de bien des choses.
Je profite donc de ce qu'ils peuvent encore me donner, je me rappelle à chaque instant ta phrase, juste avant ces vacances : "Partir, ce n'est pas seulement mourir, c'est aussi vieillir et perdre la tête. Et tes grands-parents sont à l'âge où ça arrive. Observe les bien, l'année prochaine ils ne pourront peut-être plus te recevoir et se charger de toi un mois entier."
Je remarque que chacun fait ses réflexions ainsi, seul ou se croyant seul ou en catimini.
Papi dit parfois quand il pense que je n'entends pas : "Cette petite va finir par s'ennuyer ; à son âge il ne faut pas rester toujours avec ses grands-parents." Tu penses que je les fatigue, ou que ça ennuie papi que je sois beaucoup avec eux ? Ou tu penses qu'il est lui aussi conscient de vieillir, et se prépare à ne plus me voir ?
Embrasse très fort papa ; je t'embrasse aussi.

Emma

1987

8 juillet 1987

Ma maman chérie

Je suis bien contente d'être enfin arrivée, le trajet en train était un peu long.
Mamie était à la gare avec papi. C'était super de les voir sur le quai me faire coucou, ils m'ont manqués cette année. C'est bête qu'on ne se soit pas vus à Noël, ça fait une longue année, mais comme tu faisais les travaux à la maison, c'est vrai qu'il n'y avait plus de chambre pour eux. Je peux te le dire maintenant, je me suis demandée pourquoi ils n'iraient pas à l'hôtel à côté de la maison, mais c'est vrai que c'est cher et tu payais déjà les travaux.

Papi a repeint ma chambre, elle n'est plus rose mais blanche, avec les meubles vert pâle. Ça fait plus grand, j'aime beaucoup ; et c'est une super surprise. Ils sont vraiment gentils et font tellement de choses pour que tout se passe bien et que je sois bien avec eux. Je leur ai tout de même dit de ne pas trop en faire, de toutes façons tout est toujours bien. Et je les aime tellement. Je suis en colère contre moi à cause de ce que j'ai pense l'année dernière. C'était mal et j'ai du leur faire de la peine. Nous avons bien ri d'ailleurs, en pensant au ton souvent prétentieux que je prenais pour parler ou écrire. Mamie m'a serrée dans ses bras et m'a dit : "L'important, la seule chose qui compte, est que tu sois toi ! Pas une autre, seulement toi.”. Et cette fois, je n’ai pas de doute, je sais bien que ce n’est pas contre toi.

Je n’aurai pas de cours de tennis cette année. C’est papi qui en a parlé en disant que toi tu ne voulais pas, mais mamie s’est mise à tousser, alors papi s’est tu et je ne sais donc pas pourquoi je ne pourrai pas apprendre à jouer au tennis. Peut-être mamie est-elle un peu enrhumée, je m’occuperai bien d’elle, ne t’inquiète pas. Elle a souvent toussé comme ça ce soir. C’est curieux, c’est à chaque fois que papi commençait à parler. C’est sans doute qu’il y a beaucoup de poussière puisqu’il fait déjà très chaud, et ça doit lui gratter la gorge.

Quand j’y pense, souvent quand ils parlent, ou que je parle de toi, ils se mettent à tousser, soit papi, soit mamie. Parfois je me demande si c’est comme dans les films, s’ils veulent cacher quelque chose. Sérieusement, je ne pense pas, mamie et papi ne me cacheraient rien, on n’a pas de secret. Tu te souviens de ce que tu m’as dit, l’année dernière je crois : “Il ne faut pas avoir de secret, Emma. Il faut tout se dire, surtout entre enfant et parent. C’est comme ça que je peux te protéger, si je sais ce que tu vis.”

De temps en temps ils disent que je n’ai pas grand chose à raconter sur mon année. Et puis mamie soupire en disant que ça ne l’étonne pas. Tu crois qu’en fait je fais des secrets et je ne m’en rends même pas compte ? Tu crois qu’on peut faire une allergie aux mots ? Je plaisante, je sais bien qu’on ne peut pas être allergique aux mots. Les mots ne transmettent ni maladie ni poison. Les mots sont inoffensifs, amicaux, et légers. Les mots s'envolent comme les oiseaux migrateurs, ils partent loin et revient parfois, mais ils ne sont plus les mêmes. C'est ce que je t'ai entendu dire l'autre soir, à papa : "Les mots s'envolent, les écrits restent." Je ne sais pas pourquoi tu lui disais, mais j'ai retenu la formule.

On est allés sur la tombe de Micha. Papi avait les yeux rougis de larmes, j'ai eu mal au coeur et de la peine pour lui, j'ai pris sa main, il m'a serrée fort contre lui, et il m'a dit : "Toi, tu aimes tout le monde, tout le monde…". Ça m'a fait plaisir et ça m'a émue ; c'est difficile d'aimer tout le monde et de ne pas faire de mal aux autres, mais j'essaie tous les jours de bien faire et de me dire que ceux qui font mal, c'est qu'ils ne peuvent pas faire autrement.

Je vais défaire ma valise alors je te laisse.

Embrasse bien fort papa.

Bisous

Emma

15 juillet 1987

Chère maman

Je ne t'écrirai plus maman chérie puisque tu trouves que ce n'est plus de mon âge. Je pensais qu'il n'y avait pas d'âge pour chérir sa

maman. Mais je me suis trompée, et tu dois avoir raison, il faut que je grandisse. Je suis une adolescente de quinze ans et je parle comme une enfant de huit ans.
Cette année, nous sommes retournés au bal et cette fois c'était vraiment génial.
Au village il y a plein de gens de mon âge ou juste un peu plus vieux, comme je te l'avais déjà raconté les autres années. Ce sont souvent les petits-enfants d'amis de papi et mamie, alors tu vois ça ne risque rien, tu n'as pas à te préoccuper d'éventuelles mauvaises frequentations.

Mamie a été trop cool, elle m'a dit que je pouvais rester au bal jusqu'à minuit, parce qu'elle connaissait les grands-parents de ceux qui étaient là. Elle m'avait acheté un super tee-shirt ; elle trouve que ceux que j'ai font un peu petite fille, et papi lui a dit « Ça t'étonne ? »… Je croyais que papi me prenait pour une grande mais je me suis sans doute trompée. Lui aussi doit penser que je suis une petite fille. Ce n'est pas facile de grandir, mais je vais essayer. J'essaie chaque jour. Je m'y force et m'y efforce encore, et je ne sais pas si un jour je pourrais, comme toi, être vraiment une femme.
Je suis rentrée avec la fille de monsieur G… Tu le connais, il a la maison voisine de celle de papi et mamie, mais je ne les avais jamais vus.

Je ne suis pas fatiguée, j'ai dormi tard, mamie a fait un excellent gâteau pour le déjeuner, et cet après-midi je vais au fleuve avec ma nouvelle amie.
Tu fais des gros bisous à papa ? Dis-lui que je l'aime.

Je t'aime aussi.

Emma

22 juillet 1987

Maman

Je ne comprends pas pourquoi tu as dit à papi que tu ne voulais plus que je vois Valérie ; elle est très gentille et on rit bien ensemble. Mais je vais faire comme tu veux parce que je n'aime pas te décevoir. Ou peut-être que c'est papi qui n'a pas compris. Mais si tu l'as vraiment dit, je ne veux pas te contrarier et si papi a mal compris, je ne veux pas me disputer avec lui.
Franchement, ça me fait de la peine, et comme tu veux que je te dise tout ce que je pense, et bien je te le dis. J'adore papi et mamie mais une amie en vacances, c'est quand même bien. En plus je crois qu'elle a été vexée, parce qu'elle doit penser que je la rejette. J'ai entendu son grand-père dire que ça ne le surprenait pas de la « parisienne ». Pourtant je suis sûre de ne pas être prétentieuse parce que je viens de Paris. Je ne la regarde pas de haut et d'ailleurs je ne vois pas pourquoi je le ferais. Comme tu le dis souvent, je ne vaux

pas mieux qu'une autre et c'est à moi de faire mes preuves. Pour l'instant je n'ai rien montré encore qui justifie que je sois fière. Je me rends compte que j'ai encore beaucoup à apprendre. Et que j'ai de la chance car tu es là pour m'aider et me corriger.

Tu avais l'air inquiet parce que, ayant dormi tard, je n'avais pas eu le temps de faire mes devoirs, mais je les ai fait l'après-midi. Sinon, je travaille tous les matins, au moins deux heures comme tu me l'as demandé. Je pense que tu as raison, c'est mieux pour bien préparer ma rentrée au lycée. Mais faut quand même que je bronze un peu sinon tu vas trouver que j'ai vraiment mauvaise mine, comme tu le trouves tous les ans. Je ne veux plus aller chez le médecin pour ces prises de sang auxquelles j'ai droit à chaque rentrée, lorsque tu te demandes pourquoi je suis si fatiguée alors que je reviens de la campagne. Je t'assure que mes grands-parents font attention, je suis bien nourrie, je dors beaucoup, parfois peut-être trop selon toi, je prends l'air et je ne m'épuise pas sottement.

Dis à papa que je l'embrasse et qu'il me manque.
Tu me manques aussi.
Emma

29 juillet 1987

Maman

Papi a glissé ce matin dans le jardin sur l'herbe mouillée, et il s'est fait une entorse. Il ne peut pas conduire, aussi je vais rentrer en train la semaine prochaine et non en voiture avec lui.
Je voulais te le dire au téléphone mais ça sonne toujours dans le vide, donc je te l'écris.
Et je ferai attention dorénavant à ma manière de parler, et à utiliser le vocabulaire correct, pas celui qui fait jeune.
Je t'embrasse
Emma

31 juillet 1987

Chère maman

Mamie et papi m'ont dit que tu ne voulais pas que je prenne le train seule, et que tu ne peux pas venir me chercher. Papi a toujours mal à la jambe, et ils doivent partir eux aussi chez des amis.
Je ne sais pas comment va se passer mon retour et ça commence à m'angoisser un peu de ne pas avoir de nouvelles, j'aimerai vraiment savoir.
Est-ce que papa pourrait venir ? Est-ce qu'il faut que je lui demande ? Qu'est-ce que je dois dire à papi, il attend ta réponse ? J'ai peur de vous déranger tous, ça m'ennuie beaucoup.

Je t'embrasse

Emma

1988

6 juillet 1988

Maman

Papi et moi venons d'arriver à Boisléger. Je regrette que tu ne puisses pas venir avec moi. Tu l'avais espéré cet hiver, et je m'étais mise à l'espérer également. Tu ne peux pas te reposer; Tu ne peux pas voir le jardin. Il est magnifique, papi a fait un travail incroyable cet hiver.

Je trouve que mamie a l'air fatigué, et inquiet. Elle sourit moins, ses cheveux ont beaucoup blanchi. Elle m'a demandé comment tu allais, si tout se passe bien, si je suis heureuse… Elle m'a demandé des nouvelles de papa, elle semblait croire qu'il n'allait pas bien, ou que nous avions des soucis. C'est bien la première fois qu'elle me pose ce genre de questions. Elle m'a demandé aussi comment nous nous entendions toi et moi. Je lui ai dit que c'était je pense comme toutes les filles et leurs mères et je lui ai demandé comment ça se passait entre elle et toi. Elle n'a pas voulu me répondre, elle qui en principe donne toujours plein de détails sur tout. Elle m'a dit que c'était une autre génération… Ça ne veut rien dire. Peut-être qu'elle a oublié, aussi. Ne le prends pas mal, mais ça commence à faire quelques années, et comme elle me voit plus souvent que toi, elle confond

sans doute ses souvenirs. Mais je ne vais pas l'ennuyer avec mes questions.
Elle trouve que j'ai mauvaise mine, nous allons essayer de passer beaucoup de temps dehors. Je lui ai dit que cette année je ne suis pas allée au ski, puisque tu voulais que je travaille et que je révise, et que donc je n'avais pas vu le soleil depuis un an, sauf à la télé.

J'ai vu que la petite fille du voisin, tu sais, Valérie, était là. J'aimerais vraiment la voir cette année, si tu es d'accord bien sûr. Elle m'a fait de grands signes, je pense qu'elle n'est plus vexée depuis l'année dernière ! Elle a un super jean. Papi m'a demandé si c'est la mode et si j'en ai un, je lui ai dis que oui, et que non… Il a poussé un soupir, t'aurais entendu ça ! Et il veut m'en offrir un pour mon anniversaire. C'est sympa, non ? Et les robes, à la campagne, ce n'est pas très pratique. Je ne veux pas te fâcher en disant cela, mais j'ai l'impression d'être coincée dans une armure, je ne peux pas courir ou aller dans les champs, ou m'asseoir sur un tronc d'arbre, j'ai toujours peur de la déchirer, ou de me retrouver accrochée à une branche ou coincée quelque part.

Je pense que l'année prochaine il faudra vraiment que je prenne le train. C'est un long voyage pour papi, et j'aurai 17 ans, il n'y a vraiment aucun danger.

Je file, je vais aider mamie pour le diner. J'aime bien faire la cuisine avec elle. J'aime bien faire la cuisine tout court. Ça me ferait plaisir si tu étais d'accord pour que je la fasse de temps en temps cette année.

Bisous et gros bisous à papa aussi.

Emma

16 juillet 1988

Maman

Désolée de ne pas t'avoir écrit avant, mais j'étais en colère. Et triste. Je ne sais pas pourquoi tu ne veux pas que je vois Valérie alors qu'elle a mon âge. J'aimerai que tu me donnes tes raisons, ce serait plus simple pour moi si je savais. Ça ne m'empêche pas de travailler le matin, et de toute façon je ne veux pas sortir le soir, mais pour l'après-midi ce serait cool. Tu m'as écrit que tu étais contre cette idée, car tu ne la connais pas, ni elle, ni ses parents ou ses grands-parents. Pourtant ce sont des amis de papi et mamie, alors tu pourrais avoir confiance, je crois. Si tu veux connaître tout le monde avant que je me fasse des amis, je vais faire comment plus tard ? Quand je serai à la fac, ou dans une école ? Tu viendras avec moi pour voir avec qui je parle, avec qui je travaille ? Tu ne viens jamais à Boisléger, tu ne connais pas les amis de tes parents, mais tu m'interdis de les voir et sans me donner de bonne raison. Là, je voudrais comprendre, car cette fois j'ai réellement de la peine.

A cause de cela, au bal cette année j'étais la seule à rester avec ses grands parents. Ils sont sympas, ils sont restés tard pour moi, mais le lendemain, ils étaient très fatigués. En plus j'avais honte d'être là, seule avec mes grands-parents, comme un bébé qui sort dans sa poussette, et j'étais ennuyée pour papi et mamie. Il me manquait presque la tétine ! Et quand mamie m'a proposé une barbapapa, au lieu de la remercier, je me suis fâchée contre elle, je lui ai crié que j'en ai assez d'être traitée comme une enfant, comme une débile ! Tu te rends compte ! J'étais en colère contre toi, et c'est mamie qui se fait gronder. Je me suis excusée... Je pleurais, je n'arrêtais pas de pleurer. Mamie aurait du être fâchée. Elle n'a rien dit pendant quelques minutes, me caressant doucement le front. Puis elle a murmuré si bas que je croyais qu'elle chantait une berceuse : "Je sais, je sais ma chérie... Parfois les situations sont si insupportables qu'on finit par exploser, pas forcément contre ceux qui méritent..."
Embrasse fort papa.
J'aimerai bien qu'il vienne me chercher cette année, l'année dernière le retour avec lui était génial.
Bisous, Emma

21 juillet 1988

Maman

Tu as raison j'ai vraiment été méchante dans ma dernière lettre, et avec ce que tu m'as dit hier au téléphone, je comprends que tu réagisses comme ça car tu t'inquiètes toujours pour moi. Je te demande pardon, maman. Je ne sais pas pourquoi j'ai parlé comme ça et j'ai honte de moi, tellement honte ! Je ne recommencerai plus, je te le promets. Tu as raison maman, je suis ta fille, et là une bien vilaine fille, et même si je ne suis pas d'accord, toi tu sais ce qui est bon pour moi, et moi, je te dois le respect.

On s'est fait un programme avec papi et mamie, pour que chaque jour nous fasse comme une surprise jusqu'à mon depart. Papi dit que c'est très important de créer des souvenirs.
Je te raconterai en rentrant.
Dis-moi si papa peut venir me chercher. Quand il répond à mes lettres, il ne dit jamais rien de précis, ou il répond simplement : je vais en parler avec ta mère.
Bisous, Emma

26 juillet 1988

C'est dommage que papa ne puisse pas venir, mais si tu viens c'est bien aussi.
Je t'embrasse,

Emma

1989

8 juillet 1989

Maman,

J'ai retrouvé la vieille machine à écrire de mamie… Je t'écris avec. J'aime bien, et de cette manière tu ne trouveras plus que mon écriture est illisible. Tu dis toujours que ce sont des pâtes de mouche qui couvrent le papier et que tu te fatigues à me lire. Si l'écriture est plus claire, ce sera plus facile pour toi. Bien sûr, cela devient un peu inhumain. Comme si l'on retirait une partie de leur âme aux mots. Mais dans les mots que je t'envoie, j'y mets tout mon coeur, tout mon amour, et j'espère que tu le sais, que tu le sens.
Durant tout l'hiver, j'ai cherché à te dire que je m'en voulais tellement pour l'été dernier, pour ce que je t'ai dit, pour le mal que je t'ai fait. J'ai relu la lettre quand tu me l'as passée. C'est vrai… Te dire que tu ne viens jamais à Boisléger était très déplacé et agressif, alors que je sens bien que ça te rend malade de devoir tellement travailler pour que je puisse partir en vacances chez mes grands-parents. Je ne te suis pas reconnaissante, je suis simplement injuste. Je vais faire en sorte désormais de vraiment rester à ma place.

Rester à ma place de fille… mais je grandis tout de même. Je n'ai eu aucun souci dans le train, tu ne devais donc pas t'inquiéter autant. C'est un trajet direct. Et j'ai dix-sept ans, je ne suis plus une enfant… Je ne vais pas suivre le premier venu qui proposerait des bonbons ou demanderait son chemin. Je suis prudente, maman. Je ne suis plus vraiment une enfant. Vraiment plus. Je devine que tu aimerais que je reste toujours ton bébé. Et je serai toujours ton bébé, même quand je serai adulte. Sauf que je suis un bébé qui peut faire de plus en plus de choses seule.

Sur la route mamie m'a dit que tu ne voulais pas que je prenne le train et que tu l'avais appelée pour en parler avec elle. Mais elle trouve aussi que papi n'a plus l'âge de faire autant de voiture, surtout avec ses yeux fatigués. Je lui ai dit que je vous avais entendus en parler papa et toi. Elle m'a demandé si vous vous étiez disputés, alors j'ai été surprise. Ils ne savent pas que vous êtes séparés ? Je n'ai pas fait de commentaire, et je sais que papa t'a imposé que je voyage seule, ce qui était une source d'angoisse pour toi, mais tu n'aurais pas du lui dire qu'il se moque de moi. Je crois que vraiment tu es trop angoissée. Je ne dirai rien à papi ou mamie sur la séparation. Mais si tu ne dis rien non plus, est-ce que ce n'est pas faire un secret ? Est-ce que ce ne serait pas normal qu'ils soient au courant ? Peut-être que papa ne veut pas. Comme il est parti, il doit avoir peur d'être critiqué.

Tu m'as dit que tu penses que papi vieillit beaucoup et gâtifie un peu. Excuse-moi, tu vas encore dire que je suis contrariante, mais s'il gâtifiait, pourquoi lui demander de venir me chercher en voiture ? Ce serait dangereux pour lui, et pour moi. Il a très bonne mine, il va très bien, mais je t'écrirai bien sûr pour te dire ce que je pense dans quelques jours. En tout cas il ne repète pas tout deux fois comme ces vieilles personnes dont la pensée s'égare et qui perdent la tête. Il n'a pas d'idées bizarres, et il ne perd rien. Là encore maman, arêtte de t'angoisser, tu vas tomber malade.

Cette année, je compte travailler encore le matin et ainsi que tu l'as demandé, même si je suis fatiguée. Le bac français était difficile, mais tu dois être fière de mes notes, bien que nous n'ayons pas eu le temps d'en parler. Je ne pensais pas avoir aussi bien réussi à l'oral. Même si je trouvais que parfois tu m'en demandais beaucoup, 18, c'est quand même une sacrée note. Je te remercie, maman. C'est grâce à toi que j'ai eu ce résultat. Grâce à toi et au mal que tu t'es donné pour moi.

Papa était super content et super fier. Il me l'a dit quand j'ai déjeuné avec lui avant de prendre le train. Il paradait comme un coq dans le restaurant, disant à tout le monde : « C'est ma fille, c'est ma fille, 18 à l'oral !!! ». Il m'a demandé si tu étais fière aussi, j'ai dit que je pensais. C'est le cas, n'est-ce pas ?

Tu sais, je me sens un peu mieux depuis votre séparation. Le début de l'année a été difficile pour moi avec toutes ces disputes, et vous deviez être malheureux. Je vous entendais souvent de ma chambre. Je t'entendais, toi, lui demandant de s'expliquer, et j'entendais qu'il ne répondait pas, jamais.

C'est mieux ainsi. Je ne te le dis pas pour être égoïste, mais parce que tu as si souvent répété que nous étions abandonnées… Je ne me sentais pas abandonnée, mais je comprenais toute ta tristesse, et je n'osais pas te dire que pour moi, c'était plus facile, même si je devine l'immense chagrin que tu ressens depuis des mois. Papa, pour moi, reste papa. Vous ne vous aimez plus, mais je l'aimerai toujours comme je t'aime. Et chaque semaine j'aime ce temps que je passe avec lui, un dimanche entier… Si tu avais moins de peine, nous pourrions en faire autant. Je comprends cependant qu'il te faut voir tes amis, et que ce n'est pas en restant collée à moi que tu vas refaire ta vie. Peut-être que l'année prochaine je pourrais aller un peu plus chez lui ? Tu aurais plus de temps pour toi, je ne serais pas un poids, et ça ne nous empêcherait pas de nous voir quand tu serais disponible.

Je t'embrasse et t'écris pour te donner des nouvelles.

Emma

20 juillet 1989

Maman

J'ai peu de temps pour moi, entre le travail le matin, papi et mamie qui veulent du temps avec moi (et puis je les adore), et les copains. Cette année je pense que je peux quand même les voir après le déjeuner. Ils vont tous au fleuve ou jouer au tennis chez le voisin. C'est bien dommage de ne pas avoir pu prendre les cours de tennis que papi voulait me faire donner, mais au moins je les regarde, et ils sont assez sympas pour me montrer deux ou trois coups. Parfois ils me laissent servir pour eux, à la cuiller. Alors je tente d'apprendre un peu, comme une petite autodidacte de la balle jaune. De toute façon, je me suis trouvé un rôle : je suis ramasseuse de balles. Au moins, ça me fait courir, et je participle à leurs parties de tennis.

Papi va très bien, tu t'angoissais une fois de plus pour rien, il ne gâtifie pas du tout, pas plus que l'année dernière. Pour être honnête il me semble même très lucide. Il râle un peu plus souvent qu'avant, et parfois trouve que je ne fais pas assez de choses de mon âge, mais il est toujours aussi actif, comme mamie d'ailleurs.

Je suis allée au bal. C'était une très belle soirée. Il y avait tous les jeunes du village, et la musique était pas mal. Et je me suis bien amusée. C'est chouette de faire la fête de temps en temps.
Je t'embrasse, et te raconte le reste en rentrant dans une semaine.

Et puis pardon. Pardon de t'avoir dit que je voudrais aller plus chez papa. Pardon de cet égoïsme. Je sais qu'en partant il t'a brisé le coeur. Je comprends que tu as besoin de moi. Je ne peux pas le juger, mais je sais qu'il doit bien s'en sortir et que tu restes seule et triste. Ma prèsence compte pour toi. Et une journée avec lui, c'est déjà très bien. Ne t'ennuies pas avec ça, je lui dirai moi-même.

Emma

P.S. Tu sais que papa vient me chercher ? je lui ai demandé de ne rien raconter à papi et mamie. Il avait l'air étonné et assez fâché même, mais je lui ai bien expliqué que c'est pour les protéger, car ils sont âgés et ce serait un choc pour eux. Il n'a pas bien compris je crois, mais il s'est tu et n'a plus fait de commentaires.

En y pensant, je trouve dommage que vous ne puissiez pas vous organiser pour les vacances, que je puisse avoir quelques semaines avec lui, tout autant qu'avec toi. J'espère que plus tard ça changera, et que ça évitera des tensions, car à chaque fois que je le vois, c'est un excellent moment, mais il a toujours l'air si triste....

P.S. Je sais que c'est grâce à toi si j'ai eu de bonnes notes en français, comme je te le disais dans ma précédente lettre. Je te remercie encore, maman.

1990

9 juillet 1990

Maman

J'espère que tu vas bien. De mon côté, le voyage s'est déroulé sans difficulté, sans retard de train et sans mauvaises rencontres. Avec une incroyable surprise en arrivant : pour fêter et mon bac et mes 18 ans, papi et mamie avaient réussi à inviter tous mes copains du village. On était une dizaine, ils m'attendaient tous à la maison. Et ils m'ont fait un cadeau : une raquette de tennis ! Tu aurais dû voir ma tête ! Malheureusement il n'y a pas eu de photo, autrement je t'en aurais envoyée une, bien sûr. Papi et mamie sont ravis. Je les entendais dire que malgré tout j'avais pu me faire des amis durant toutes ces vacances ; ce « malgré tout » montré à quel point ils culpabilisent, ils doivent se sentir bien vieux !

Il faut qu'ils sachent que je ne me lasse pas du tout d'être avec eux, bien au contraire ! Peut-être pourrais-tu leur dire si un jour tu les appelles. S'ils savaient qu'à Paris mes copines, Sophie et Claire, m'envient d'avoir des grands-parents comme eux ! Je vais aller leurs dire dès que j'aurai fini cette lettre. Ils en font tellement pour moi. Je suis si bien à la campagne auprès d'eux. Je ne supporte pas qu'ils puissent s'inquiéter. Qu'ils puissent s'en vouloir. S'en vouloir de quoi ? À ton avis, maman, doit-on s'en vouloir de montrer que l'on aime ?

Tu aurais, j'imagine, enfin j'espère, aimé être là pour cette fête… Je pense que tu as regretté qu'on ne fasse rien toutes les deux pour mes 18 ans, mais papa m'a emmenée au restaurant, avec Sylvie. Ce n'est pas comme être avec toi, bien sûr, mais c'était déjà bien. Il m'a offert un collier. Sylvie voulait aussi me faire un cadeau, elle avait pensé à un bracelet pour aller avec le collier, mais je n'ai pas accepté. Je lui ai dit qu'elle n'avait pas à m'en faire un, qu'elle n'est pas ma mère. Je crois que je leur ai fait de la peine. Ils se sont regardés et elle a baissé la tête. Papa m'a demandé ce que tu m'avais offert, alors j'ai répondu que je lui dirai dès que nous aurons fêté mon anniversaire toi et moi. Mais je t'ai défendue parce qu'ils avaient l'air contrarié. Je leur ai bien dit que tu avais encore tous ces rendez-vous qui te prennent tellement de temps, et que tu sacrifiais beaucoup de temps avec moi pour nous offrir une belle vie. Sylvie a soupiré, comme si j'avais dit une bêtise, et j'étais contrariée à mon tour. Je lui ai dit que ce n'était pas la peine de se moquer de toi, qu'elle ne se rendait pas compte puisqu'elle, elle vit avec papa, et que toi tu vis seule. Que elle, elle n'a pas d'enfant, elle ne sait pas ce que c'est que cette charge, elle ne peut même pas l'imaginer. Papa m'a demandé de me taire et m'a même dit que je ne pouvais pas parler d'un sujet que je ne connais pas. C'est curieux, il semblait triste et fâché en même temps. Alors je me suis tue pour ne pas

gâcher ce diner. Mais je les trouve injustes avec toi. Surtout elle. Ou les deux, lui aussi, lui qui ne prend jamais ta défense.
Depuis toutes ces années, à travailler comme tu le fais, je m'étonne tout de même que tu n'aies pas eu plus de promotion. Mais ça, je le dis à toi, je n'en parle pas à papa, je n'ai pas envie de l'entendre encore pousser des soupirs terribles. J'ai essayé une fois, mais il a haussé les épaules en disant : "Je ne sais pas. Demande à Daniel, c'est son patron aussi..." Je ne vois pas ce que Daniel vient faire dans cette histoire, et je ne savais pas que vous travailliez ensemble. Une fois de plus j'ai le sentiment de ne rien comprendre. Tout est si flou dans ces moments-là, comme si j'avançais en plein brouillard. J'ai peur de m'y perdre, ou qu'il m'étouffe.
Le monde du travail me semble bien injuste lorsque je vois comme tu t'y uses la santé et comme il te dévore. À peine majeure, j'angoisse parfois des années à venir et regrette presque l'enfance qui protège en empêchant de réaliser ce que la vie nous réserve de difficultés et d'obstacles.

Avec papa, on s'est tapé la cloche... (Je sais, tu n'aimes pas cette expression que papa adore, je suis désolée... Et je sais aussi que ça te rappelle papa. Mais ça n'est pas méchant et je suis tout de même sa fille...).
Tu sais, c'est une femme bien, Sylvie, malgré tout. Même si elle fait des réflexions stupides quand elle est jalouse de toi. Tu ne l'aimes pas, mais elle n'est pas si mauvaise. Elle ferait mieux de tenir sa langue, mais elle ne me fait pas de mal. Cela dit, puisque tu la

connais depuis longtemps, et que tu me dis de me méfier, je le ferai. C'est étrange que je ne l'ai jamais vue quand j'étais petite, vous ne deviez pas vous voir souvent ou vous n'étiez peut-être pas très amies.

Pendant le dîner, après cette discussion difficile et je pense pour changer de sujet, elle m'a félicitée pour mon bac. Papa s'est redressé encore sur sa chaise. Tellement redressé que j'ai fini par lui dire en plaisantant : "Dis donc, c'est toi ou c'est moi qui ai passé les épreuves ? " Bien sûr je ne lui ai pas dit tout ce que tu as sacrifié cette année, tout ce temps sans me voir, et tout cet argent dépensé dans des cours particuliers, te privant de vacances qui n'étaient plus que de rares week-end entre amies. Tu n'aurais pas dû maman, j'étais quand même une très bonne élève… Ton inquiètude de mère a pris le dessus, je pense. Et comment pourrais-je un jour te remercier de tout ce que tu as fait pour moi ?

Cette année : repos ! Quand je pense à tous ces étés où je me retrouvais assise dans la cuisine à reviser, avec papi qui s'arrachait les cheveux sur mes devoirs de maths… Lui aussi est soulagé je crois. Je lui ai d'ailleurs dit que c'était aussi, un peu sa réussite. Je lui dois bien ça. Mais quand je lui ai dit, il a secoué la tête, il a poussé un soupir et je l'ai entendu murmurer : "Ah ! Cette habitude de s'excuser tout le temps et de ne jamais se reconnaître une qualité… La faute à qui…?" Le pauvre, il doit imaginer encore qu'ils ont été trop stricts avec moi. Ou… je ne sais pas. Mais il fait des réflexions très étranges parfois. Comme il a toujours fait.

Tout le monde est là, et papi veut organiser des barbecues, et une autre soirée, et mamie trouve que l'idée est « merveilleuse ». Tout le monde, c'est bien sûr tout le village, tous ceux que je connais, et ça me fait réellement plaisir.
Je pense que je vais me régaler cet été.

Je t'appelle pendant le mois.

Je t'embrasse

Emma

P.S.: J'ai failli écrire “Embrasse Papa.” Etrange, les réflexes et les habitudes que l'on prend avec les années.

21 juillet 1990

Maman

Je suis sincèrement désolée de toute la peine que je t'ai faite dans ma lettre du début du mois, et je pense que si tu as mis autant de temps à appeler, c'est pour que je ne le sente pas trop.
Pour Sylvie, encore une fois je comprends, je peux essayer de me mettre à ta place. Toi, tu la connais, bien mieux que moi, et tu as sans doute raison. Si, d'après toi je dois être prudente dans mon jugement, je vais l'être et ne pas m'emballer. Rassure-toi, ce n'est pas parce qu'elle est assez jeune que je la vois comme une amie. Je

trouvais que papa avait l'air en forme, et elle plutôt sympa, c'est tout. Je ne compte pas me laisser duper par ses sourires si tu dis que c'est une intriguante, et qu'elle peut me nuire, nous nuire, et m'éloigner de papa. Je me tiendrai à distance, et ferai en sorte de voir papa sans elle, même si je dois le voir moins.

Le barbecue a été annulé. J'ai réfléchi à ce que tu m'as dit. C'est vrai que j'attendais ce moment, mais par pur égoïsme comme tu le soulignes très justement. Tu as raison, je ne pensais qu'à moi. Mes grands-parents vieillissent, tu as raison sur ce point également en me le faisant remarquer. En revanche je ne suis pas vraiment d'accord avec toi sur un point ; je ne crois pas avoir un comportement d'enfant gâtée. Je suis si souvent venue ici, chez eux, je m'y sens si bien… J'ai oublié qu'ils prennent de l'âge. J'ai oublié ce que tu me rappelles, que recevoir du monde, entendre du bruit, avoir de l'agitation et du mouvement est épuisant. Mamie est partie dans la cuisine quand je lui ai dit que je ne voulais pas du barbecue, que finalement je trouvais ça grotesque. Je l'ai entendue renifler peu de temps après. Je me suis inquiétée. Mais ce n'était rien. Elle coupait des oignons, et ça devait lui brûler les yeux. Oui, je crois que c'est ça. Mamie avait l'air de bien comprendre que ce barbecue était vraiment une mauvaise idée. En revanche, papi n'a plus rien dit de la soirée. Quand tu répètes qu'il devient gâteux, je me demande si tu n'as pas quand même raison, puisqu'il fait presque des caprices d'enfant.

Les copains ont organisé autre chose, mais je n'étais pas invitée. Ils m'ont trouvée rabat-joie sur l'histoire du barbecue. Ils avaient promis d'aider ; ils avaient promis de ranger. Ils pensent que j'ai fait un caprice, ou une comédie, ou que je joue la princesse, ou que je ne veux voir personne. Ils me traitent de bêcheuse… Maman, comment leur expliquer ce que tu m'as si bien dit ? Comment leur dire qu'au contraire, je ne pense pas à moi, mais à mamie et papi ? Pourquoi les autres sont-ils égoïstes tout le temps ? Petite, je me sentais différente, et je crois que je le suis, je crois qu'il faut que j'arrive à faire pour les autres ce qu'ils ne savent pas faire eux-mêmes. Tout cela me rappelle le grand-père de Valérie, celui qui parlait de la "parisienne"… Suis-je si orgueilleuse que cela, maman ?
Je me range également à ton avis et vais m'occuper un peu plus de la santé de mamie et papi, que je trouve cependant aller très bien, si cela peut te rassurer.

Je ne savais pas que tu voulais organiser une fête à la rentrée et que tu es déçue de voir qu'ils l'ont fait avant toi. Tu sais, c'était un diner festif, mais pas une vraie fête. Encore une fois, si tout cela te fait de la peine, j'en suis vraiment désolée, et triste. Je comprends qu'il n'y a pas de raison de faire une deuxième fête, autant préparer la rentrée universitaire, qui, comme tu le dis, va être un choc pour moi, avec tous ces cours, la nouvelle organisation, la bibliothèque à découvrir, le rythme à prendre. Moi qui redoute parfois l'avenir, je ne vais pas me tourner la tête et me désespérer pour un simple barbecue. Il n'y avait pas de sous-entendu dans ce que je te disais. Il n'y avait pas de reproche. Je sais que tu fais toujours au mieux pour moi et que le temps que nous ne passons pas ensemble est un sacrifice pour toi. Je sais que tu aimerais qu'il en soit autrement ; je me rends bien compte que toute ton énergie est absorbée par ton travail, et que tu cherches à m'offrir le meilleur, même si nous ne pouvons profiter l'une de l'autre. Maman, je ne voulais vraiment pas te faire de peine. Je ne veux pas de conflit entre nous. Pardonne-moi s'il te plait, et pardonne-moi lorsque je suis égoïste et te montre trop de joie alors que tu ne peux pas être avec moi.

Je me sens coupable et ingrate depuis quelques jours, je vais essayer de profiter de la fin des vacances, mais je me les suis gâchée avec mon égoïsme.
Je t'embrasse.

Emma

26 juillet 1990

Maman

Juste un mot avant de faire ma valise : je ne t'accuse pas de gâcher mes vacances, et je ne veux pas que tu le prennes comme ça. Toi tu es à Paris en train de travailler, et moi je me plains… Pardon, encore une fois, pardon. S'il te plait maman, pardonne-moi.

J'espère que tu vois encore en moi la gentille petite fille que j'étais et que tu as peur d'avoir perdue.
Je t'embrasse et je rentre vite.

Emma

1991

7 juillet 1991

Isabelle,

C'est étrange de commencer cette lettre par ton prénom. Je me suis presque habituée à le dire lorsque nous nous parlons, mais jamais je ne l'avais utilisé pour t'écrire. Je me suis entraînée cet hiver, plusieurs fois de suite en le répétant tout bas : "Isabelle, Isabelle, Isabelle…". Tu as beau me dire que nous avons l'âge d'être des copines, que je n'ai pas besoin de t'appeler maman, que tu préfères que je t'appelle Isabelle, j'ai du mal à m'y faire. Le dire est difficile, et l'écrire est encore plus compliqué. Comme si je parlais à une autre, à une femme que je connais à peine ou à laquelle je dois me présenter. Je t'écris Isabelle en pensant maman, et c'est en pensant ce maman que je me revois, petite fille, à t'envoyer mes premières lettres et à rêver en regardant par la fenêtre que tu allais arriver.

J'espère que tu te sens mieux et que tes migraines sont moins fortes. Je sais que tu espérais et aurais aimé que je reste ce mois-ci à Paris près de toi, mais j'avais besoin de me reposer après cette année. Et j'avais très envie de voir papi et mamie.

Revenir chez eux me ramène en enfance quelques heures. Ensuite bien sûr je profite de la maison, du jardin, et je suis occupée. Mais cette madeleine de Proust me plaît énormément, j'en ai besoin. Plus petite, je trouvais parfois le temps long. Je me rends compte aujourd'hui de la chance que j'ai d'avoir des grands-parents comme eux, qui donnent tant et sans compter. Mes souvenirs sont tous plus merveilleux les uns que les autres, et mes meilleurs moments, c'est ici que je les ai vécus, même si bien sûr avec toi ils auraient pu être encore bien meilleurs.

Si tu continues à avoir mal à la tête aussi souvent, tu devrais aller voir le médecin, avant que nous ne nous alarmions pour rien.
Tu pourrais peut-être aussi prendre quelques jours et venir te reposer ici ? L'air frais et sain te ferait le plus grand bien.

Mamie a trouvé que j'avais maigri et que j'étais très pâle. Hier soir, nous avons parlé de cette année, et, pourquoi te le cacher ?, de papa. Je crois que papi et mamie l'apprécient beaucoup, malgré votre divorce et vos disputes. Ils mettent de la distance, ils tentent de rester objectifs devant moi, même si bien évidement, tu es leur fille et ils partagent ta peine. Hier mamie me disait que même si je ne suis plus une gamine, la seule chose qui leur importe vraiment, c'est que j'aille bien, et que ma vie ne soit pas ternie, assombrie, marquée au fer rouge par les tempêtes que j'ai traversées. Elle s'est tue quelques secondes, et avant de changer de sujet, elle a ajouté que ton bonheur et ton équilibre lui importent tout autant que les miens, mais que tu as appris à te protéger, alors que je reste bien fragile. Mamie s'inquiète beaucoup trop. Elle devrait être heureuse que j'ai une relation de confiance si profonde avec toi, et que je n'hésite pas à t'écrire et à tout te raconter de moi.

En tout cas, ils ont voulu savoir si le traitement de papa se passait bien et donnait des résultats. Je ne me suis pas étendue sur les effets de la chimio, tu penses bien. J'ai dit que les médecins étaient encourageants.

J'ai en tête ces dernières semaines, les heures passées à aider l'infirmière et à soigner papa. C'est vrai que j'ai été moins à la maison cette année pour pouvoir être auprès de lui, alors que Sylvie est là. Mais je voulais pouvoir être présente, moi aussi, le plus possible auprès de lui. Je voulais profiter de lui. Cette peur au ventre permanente que ce soit la dernière fois, chaque fois. Tu me rassurais et voulais me protéger aussi en me disant que je passais bien trop de temps avec lui et que je devrais espacer mes visites, ne serait-ce que pour éviter de le fatiguer. Mais c'était plus fort que moi.

Maintenant que les médecins semblent avoir stabilisé l'évolution du cancer, je m'accorde un peu de temps, et bien sûr je passe le mois d'août avec toi.

Mamie aussi a besoin d'être aidée. Tu sais, mes grands-parents ont beaucoup changé cette année. Pendant le déjeuner, papi a dit qu'il regrettait que tu ne viennes jamais les voir. Ils n'ont plus la force et l'envie de venir à Paris. Le bruit de la ville leur fait peur maintenant, ils sont tellement habitués au calme de leur campagne. Je les comprends. Après l'agitation permanente de la ville, être ici, dans une campagne si reposante, si douce, donne le temps de se ressourcer, de réfléchir, de profiter, enfin. Il faudrait que tu viennes ; je suis certaine qu'à toi aussi cela ferait le plus grand bien. Ici, on peut pleinement penser à soi.

Je trouve qu'ils ont vieilli pendant l'hiver. Papi se déplace avec une canne, ce qui a été un choc pour moi en arrivant, mais j'ai essayé de ne rien montrer.

Maintenant, il a besoin tous les jours de faire la sieste, et ne parle plus de longues promenades dans la campagne, comme nous aimions le faire tous les deux.

Mamie aussi a changé. Elle qui souriait en permanence a maintenant, constamment, l'air triste et tendu. C'est sans doute dû à la fatigue. Elle s'obstine à vouloir tout faire, elle en fait presque une fierté. Je l'ai sermonnée gentiment, mais elle m'a dit qu'elle en avait besoin, pour penser à autre chose, ou pour ne pas penser du tout. Je vais l'aider et lui conseiller de trouver une personne de confiance, au moins pour le ménage. Ce que nous ferons encore ensemble, c'est la cuisine. Je redeviens petite fille lorsque devant le vieux fourneau, je mets mon doigt dans la casserole pour goûter les sauces. Mamie fait semblant de se fâcher en disant que c'est sale, et nous explosons de rire toutes les deux.

Donne-moi de tes nouvelles, promets-moi de consulter si tes migraines ne cessent pas. Et, excuse-moi si je te le redis, je sais que tu fais comme tu peux, que tu fais au mieux, mais si tu pouvais trouver du temps pour venir… Je suis tellement certaine que le grand air te serait profitable. Je m'inquiète pour toi, maman. J'aimerais que tu n'aies pas mal ; j'aimerais faire passer ton mal. J'aimerais faire disparaître ce qui te fait souffrir, et nous fait souffrir pour toi.

Je t'embrasse fort, Isabelle.

Emma

13 juillet 1991

Maman

Ta lettre arrivée ce matin m'a plongée dans la tristesse et l'embarras. Je me sens si coupable depuis que je t'ai lue… Comment peux-tu te demander si je passe aussi des bons moments avec toi ? Comment peux-tu imaginer que je me sente loin de toi, que je te sente loin de moi, parce que je t'ai appellée par ton prénom, dans ma dernière lettre ? Comment peux-tu me demander si tu es une mère à la hauteur, toi qui m'as toujours faite passer avant tout le reste ? Tu as raison. Je ne le ferai plus. Tu es et tu resteras toujours maman. Ma maman. Ton prénom doit être utilisé comme un jeu entre nous, comme en confidence, et toujours sans aucun secret. C'est évident maman. C'est évident que, ainsi que tu me le rappelles, tu as toujours été là pour me faire grandir, pour me guider, et pour me protéger, même de ceux dont je reçois de l'amour. Et je n'oublie pas tes mises en garde ; je sais faire attention, à ce que raconte Sylvie, à ce que papi me dit, surtout lorsqu'il grogne. Mais je t'assure qu'avec moi il est si gentil, je ne pense vraiment pas qu'il fasse quoi que ce soit contre toi, contre moi, contre qui que ce soit.

Je comprends bien que tu redoutes d'aller seule chez le médecin pour tes migraines, et je sais qu'elles te fatiguent beaucoup. Peut-être que Daniel peut y aller avec toi ? Puisque maintenant il vit à la maison, il peut t'accompagner un soir, et vous rentrerez ensemble. Et non, voyons, quelle étrange idée, quelle drôle de déduction tu as faite suite à cette petite phrase "Mamie fait semblant de se fâcher"… Elle ne se fâchait pas quand j'étais petite. Ils ne m'ont jamais fait de mal. Bien au contraire. C'est moi qui me suis bien mal exprimée si c'est ce que tu as compris. Voyons maman, tu connais tes parents, ils ne m'ont jamais maltraitée, ils en sont bien incapables !

Quand je t'écrivais que tu pouvais venir à la campagne, que ça te ferait du bien… Je ne te faisais pas la morale, je ne te donnais pas d'ordre. Et je ne me moque pas de toi. Je sais bien que tu as toujours fait comme tu as pu, et que ça n'est pas facile. J'ai compris depuis longtemps que pour obtenir ton poste, pour pouvoir m'offrir tout ce que tu m'as offert, tu as dû sacrifier beaucoup, tout en supportant les reproches de papi, et en craignant qu'il ne me fasse payer ton absence. J'essaie juste moi aussi de t'aider. Je m'aperçois que je n'y arrive pas. Peut-être que je ne vaux pas grand chose pour aider les autres, et surtout ceux qui m'aiment.

Si vraiment tu le souhaites, je reviendrai plus tôt.

Tu as raison, j'ai trouvé du temps pour papa cette année, il est naturel que j'en prenne pour toi aussi. Tu ne devrais pas avoir à me le demander. Cependant, je veux également aider mamie. Je vais donc m'organiser, je vais voir avec elle. Je te promets maman de faire au mieux pour toi, et pour eux. Je ne veux pas que tu sois seule si tu as peur, mais je ne veux pas que mamie s'épuise. Et une fois encore c'est toi qui as raison, je suis toute jeune, je peux supporter de la fatigue si c'est pour toi. Ce ne serait même pas de la fatigue, mais essayer de te dire encore que je t'aime.
Maman, comment fait-on pour aider tous ceux que l'on aime ?

Je crois que papi va moins bien qu'il ne le dit. Il est réellement épuisé. Le médecin est venu deux fois cette semaine, mais ils font tout pour que je ne sache pas ce qu'il a. Mamie dit juste qu'on lui fait une telle batterie d'examens qu'il est sur le flanc.
Et mamie a l'air si triste… Même si je ne fais pas grand chose cet été, je sais qu'elle est heureuse que je sois là et que je lui tienne compagnie.

J'ai réfléchi à ce que tu m'as souvent dit depuis quelques années. Lorsque tu pensais que papi ronchonnais tout le temps. Que c'était difficile pour moi. Qu'il exigeait que je vienne en vacances, pour ensuite faire des réflexions qui pouvaient te faire du tort. Je crois que tu te trompais et que tu ne comprenais pas papi. Il est ronchon, c'est sa nature. Mais il est bon. En ce moment, il souffre. Il est diminué. Il ne se plaint jamais. Il espère simplement te voir.

Je ne vais pas passer beaucoup de temps avec Valérie cet été. Elle est venue avec son petit ami et lui fait découvrir la région.
Je t'embrasse, dis-moi vite ce que tu souhaites que je fasse.

Emma

28 juillet 1991

Chère Maman

Je suis soulagée d'avoir fait cet aller-retour pour t'accompagner chez le médecin. Il est vrai que tes migraines peuvent avoir de nombreuses causes, que je ne suis pas médecin, et comme rien ne semble les calmer, il était temps que tu consultes. Je comprends que tu en veuilles à Daniel, mais heureusement cette fois il avait raison en te disant de ne pas t'en faire une montagne, qu'un traitement était possible et que tu n'avais rien de grave. J'imagine combien tu souffres, et peut-être même plus de ses paroles que tu prends comme un rejet, que de la douleur elle-même. Parfois la douleur physique n'est rien face à celle des sentiments. Je ne pense pas qu'il te dédaigne, qu'il minimise tes souffrances, mais qu'il veut aussi se montrer encourageant et optimiste.

Enfin, grâce à Dieu, le médecin s'est montré parfaitement rassurant et clair. Tu vas très bien et tes maux de tête sont bénins. Je sais que ça ne les rend pas moins pénibles, mais ça retire toute inquiètude. D'ailleurs j'étais ravie de constater en arrivant à la maison que tu n'avais plus mal depuis la veille. Nous aurions pu profiter de ces trois jours pour être un peu ensemble, mais j'imagine que tes migraines t'ont mise en retard dans ton travail, d'où le fait que tu as été beaucoup à ton bureau quand nous n'étions pas chez les spécialistes.

Nous n'avons pas eu le temps d'en parler, mais j'ai profité de ce passage à Paris pour aller voir papa. Il va bien, pour l'instant. Contrairement à ce que tu penses, je crois qu'il n'a jamais exagéré ni la douleur ni la fatigue. Et Sylvie fait preuve d'un courage incroyable.

Tu sais, malgré ce que tu disais pour me rassurer, j'ai bien fait de revenir au plus vite à Boisléger. En descendant du taxi, j'ai croisé le médecin de papi. J'avais bien compris la veille de mon depart lorsqu'il a été évoqué une question de tumeur. C'est bien plus qu'une question. Papi est malade, sérieusement malade. La tumeur découverte est beaucoup plus grosse qu'ils ne le pensaient ou le craignaient. Le médecin m'a dit de te prévenir. Le cancer pourrait progresser… Tu comprends ? Et moi, je n'arrive pas à écrire plus… Je ne peux pas. C'est affreux. Je ne sais pas comment garder de l'optimisme. Je ne sais pas quoi faire. Aide-moi maman, s'il te plaît.

Le même cancer que papa. Papi est plus âgé que papa, mais il est encore jeune, à peine soixante et onze ans. Et le même cancer. L'estomac. Comment est-ce possible ? Je ne comprends pas ce qui peut ainsi les ronger. Et je ne peux que m'inquiéter, sans le montrer, sans le dire. Sans verser une larme. Pour être forte. Pour nous tous.
A toi, je peux le dire, maman. Je peux, je le dois.
J'ai peur de la mort, maman. J'ai peur du vide, après la mort. J'ai peur des silences.
Je passe d'un malade à un autre. Et les deux sont les hommes qui comptent le plus pour moi, qui compteront toujours le plus.

Il faudrait que tu viennes vite. Mamie se retient de pleurer, mais elle a les larmes aux yeux toute la journée. Et elle est épuisée. Je fais de mon mieux, mais je pense que tu devrais venir. J'ai besoin de toi. Nous avons vraiment besoin de toi, maman.

Je vais rester quelques jours de plus pour l'aider, et voir combien de temps ils gardent papi à l'hôpital. Heureusement, je peux y conduire mamie tous les jours, elle tient absolument à lui faire une visite quotidienne. Si papi disparaît, je ne sais pas ce que mamie va devenir. C'est tellement beau, tellement touchant de les voir s'aimer encore autant à leur âge! Et je leur dois tant, je me sens tellement proche d'eux.
Je sais que la mort est inévitable, je ne crois plus aux fées depuis longtemps. Aucune ne peut empêcher mon grand-père de mourir.

Je t'embrasse.

Emma

4 août 1991

Maman,

Pardon de te déranger pendant tes vacances avec Daniel. Je ne savais pas que tu ne pouvais pas annuler tes réservations, tu as bien fait de partir te reposer.

Mais papi va vraiment très mal. Pas question qu'il sorte de l'hôpital pour l'instant. Il est excessivement faible et ne supporte pas du tout la chimio. De plus il souffre horriblement des jambes et du dos. Tu es sa fille, il a besoin de toi, maman. Parfois, il t'appelle en dormant. C'est dur maman, il faut que tu viennes. S'il te plait.

Papa a appelé pour prendre des nouvelles. Ça a beaucoup touché mamie. Elle était assise dans la cuisine, et quand elle a raccroché, elle a dit tout bas, comme si ça la faisait souffrir : "Les mêmes personnes vivent les mêmes douleurs. Il faut mettre fin à cela…"

Elle me fait une peine que je ne peux pas décrire. Que voulait-elle dire ? Peut-être en vient-elle à espérer la mort, leur mort, pour que le mal cesse.

Elle tente de garder la tête haute devant moi, mais je l'entends pleurer le soir. Et je n'ose pas entrer dans sa chambre, je n'ose pas aller la prendre dans mes bras, je n'ai pas appris à consoler et je ne

veux pas la gêner. Seule, je me dis que je ne sers pas à grand chose. Je fais ce que je peux faire, matériellement. Mais je ne sais pas donner de l'amour. Je ne sais pas le montrer.
Peut-on apprendre, maman, à aimer ? Peut-on apprendre ces gestes qui semblent n'être rien, et qui sont tout ? Maman, ça veut dire quoi, aimer, quand on n'est plus enfant ?

J'aimerais que tu puisses venir quelques jours si Daniel est d'accord. Il pourrait peut-être venir aussi ? Je suis certaine qu'il te laissera venir, même si tu m'as dit au téléphone qu'il voulait te protéger en te tenant éloignée de papi pendant la maladie. Qu'il préfère que tu n'assistes pas à ça, que tu gardes le souvenir de ton père tel qu'il était et non tel qu'il devient. Si Daniel vient aussi, il pourrait nous aider.
Je te donne des nouvelles au plus vite.

Emma

17 août 1991

Maman,

Je commençais à m'inquiéter réellement, en étant sans nouvelle de toi. J'ai imaginé le pire, mais je vois tout en noir. J'ai repensé à tes migraines. Si les médecins s'étaient trompés ? Si le diagnostic était faux ? Si toi aussi… Si la poste fonctionne mal en Italie, je t'appellerais vite pour te dire ce qu'il en est.

Ma dernière lettre n'était pas un ordre. Bien évidemment je suis consciente que tu as besoin de te détendre et de te reposer. D'ailleurs tu as parfaitement raison, je suis – forcément - plus jeune que toi et donc plus à même de réagir plus vite si besoin est. Et je sais que tu détestes conduire. Ça ne me dérange pas d'aller à Dijon avec mamie voir papi tous les jours. Et je ne veux rien imposer à Daniel. C'est vrai que rencontrer tes parents dans de tells circonstances… Je suis fatiguée et parfois je ne réfléchis pas. Excuse-moi auprès de lui. J'espère que cette fâcherie entre vous n'est pas à cause de moi.
Je n'ai pas beaucoup de temps pour me reposer, ni pour profiter du soleil. Prends des couleurs pour moi !
Nous repartons à l'hôpital tout à l'heure ; papi commence enfin à supporter le traitement ; il se peut même qu'il sorte à la fin de la semaine.
Je t'embrasse

Emma

29 août 1991

Maman

Tu n'imagines pas le plaisir que tu as fait à mamie en l'appelant hier soir.
Elle est au bout du rouleau. Et moi aussi, en fait. Mais j'ai discuté hier avec la boulangère, et sa fille viendra maintenant deux fois par semaine pendant trois heures aider mamie, quand je serai rentrée à Paris. Mamie a fini par accepter. Elle a realisé qu'elle ne pouvait plus dire non lorsqu'elle s'est endormie, oubliant d'éteindre le gaz dans la cuisine. Heureusement j'étais dans le jardin. J'ai vu la fumée par la fenêtre, lorsque la casserole s'est mise à brûler. Je voulais te joindre. Mais le téléphone sonnait dans le vide. Alors, j'ai pris la décision de demander de l'aide. Cette fois je suis sûre de moi. Je sais que j'ai bien fait. Et je suis convaincue que tu partageras mon avis.

Papi sort ce soir de l'hôpital, mais de ce côté aussi la situation est prise en main : le médecin viendra tous les deux jours, les autres jours une infirmière se déplacera pour aider mamie. Papi va mieux, c'est même complètement stupéfiant. Bien sûr les conséquences de la maladie et surtout des traitements sont terrifiants, et j'imagine que pour toi ce serait un choc de le voir ainsi ; il est amaigri, il n'a plus ses cheveux. Les taches de vieillesse ont envahi ses mains. Sa peau n'est plus dure et tanée par le soleil, mais s'est affinée, et seules ces taches y laissent une trace des heures passées au jardin. Je devrais être habituée à ces transformations physiques, avec papa… Tu ne l'as pas vu pendant sa maladie, c'était aussi impressionnant que pour papi. Et je ne m'y fais pas. Le temps des malades court plus vite que celui des bien-portants, il les engloutit et les métamorphosent en ombre d'eux-mêmes.

Cependant, et cela donne de l'espoir, papi recommence à sourire, et figure-toi qu'hier il a même marché un peu, ce qu'il ne faisait plus depuis un mois. Bien sûr pas longtemps, et nous étions deux à l'aider, mais il a pu faire le tour de sa chambre. Il dit avoir hâte de revoir le jardin et de pouvoir profiter un peu du soleil, ce qui lui fera le plus grand bien.

Je serai à Paris dans quatre jours. Mamie se demande si je vais pouvoir me détendre un peu avant de reprendre les cours. Bien sûr je lui dis que tout ira très bien. Il n'est pas question qu'une simple reprise de cours l'inquiète. Et d'ailleurs, si je devais rater la rentrée parce qu'ils ont besoin de moi, je le ferais.

À dimanche.

Emma

1992

Le 6 juillet 1992

Maman

Je suis arrivée hier soir chez mamie, j'ai pris le train après l'affichage des résultats à la fac.
Tu apprendras donc, j'espère avec plaisir, que j'ai eu ma deuxième année avec mention. Sylvie m'avait accompagnée. Tu imagines que nous n'avions aucune envie de fêter cela, mais elle m'a très gentiment offert un stylo pour mon passage en licence.
C'est celui de papa. Il lui avait dit de me le donner si je réussissais mes examens.

Tu ne m'as pas dit quand tu penses rentrer des États-Unis. Je sais que tu as envoyé un télégramme à la famille de papa. Paul m'en a parlé après l'enterrement. Il est très frappé, et en tant que grand frère, trouve que le départ de papa encore si jeune est bien injuste. Il maugréait, ruminait, répétant sans cesse : “C'était à moi de partir, pas à lui.”
J'imagine en revanche que tu seras heureuse de lire que papi est assez en forme. Les médecins sont plus que surpris, ils parlent même de miracle. Mamie va également beaucoup mieux. Elle regrette juste que tu ne sois pas allée les voir cet hiver, et ton arrivée programmée, attendue et décalée à chaque fois les a fortement contrariés tous les deux. J'ai tenté de lui dire que tu te protèges ainsi, comme nous

l'avons évoqué toutes les deux. Je m'en suis tenue au discours que nous avions imaginé, afin de ne pas leur faire de peine. Tu te doutes que je n'ai pas dit ta crainte que la santé de papi ne se détériore à nouveau si tu venais, s'il te voyait, comme si ta présence pouvait être le signe que la fin était proche, toi qui n'a pas pu venir les voir depuis des années.

Je pense emmener mamie en ville faire quelques courses. Depuis deux ans elle ne s'achète plus rien, et je trouve qu'après ces derniers mois, elle a le droit de prendre un peu de bon temps. Je voudrai que pendant quelques heures, elle s'accorde de penser uniquement à elle. Penses-tu que ce soit une bonne idée ? Je lui ai proposé de faire les boutiques, de la conduire chez le coiffeur... De m'occuper d'elle, comme elle s'est toujours occupée de moi.
Papi ne veut pas parler de toi. Il ne comprend pas que tu ne sois jamais venue l'année dernière. Comme je viens de te l'écrire, je n'ai pas les mots pour lui expliquer ce que tu as ressenti, ce que tu t'es dit. Il ronchonne à nouveau, ça nous rassure, c'est bien lui... Je le laisse faire. Il a traversé une épreuve si lourde, son caractère s'est forcément aigri, et sa rage de vivre n'atténue pas sa colère, même si elle est injuste.

Appelle-nous de New-York si tu le peux.

Emma

Le 17 juillet 1992

Maman

Je suis retournée au bal du 14 juillet au village. Seule, bien sûr. Papi et mamie ont regardé le feu d'artifice du jardin, on peut le voir assez bien. Avec l'infirmière, nous avons installé papi dans sa chaise longue. Elle est restée très gentiment avec eux toute la soirée pour que je puisse sortir. Tu sais que papi a une partie de ses soins le soir, et si elle n'avait pas proposé de rester, je n'aurais pas pu aller au village. Et elle a insisté, me répétant qu'elle ne voulait pas avoir à soigner la petite-fille après le grand-père.

J'ai retrouvé mes amis, et surtout Valérie. Nous n'avons jamais été très proches, mais c'était amusant de se revoir. En vieillissant, nous commençons à avoir beaucoup de choses à nous dire, et beaucoup en commun d'ailleurs. On a discuté longtemps, et on va se voir souvent je crois cet été. Demain, je dois revoir un garçon du groupe. Je me souviens de lui mais c'est assez flou, il ne venait plus l'été car il était souvent en séjour linguistique. Il est gentil. Il en me regarde pas comme si j'étais une extra-terrestre, une curiosité, une échappée d'un asile ou d'un autre temps. Il s'appelle Frédéric.

Mamie veut que je sorte un peu de la maison, elle me prête sa voiture, aussi je vais sans doute en profiter un peu. D'un autre côté, je ne suis pas là pour faire la fête. Ma priorité est mes grands-parents, même si mamie me dit que ce n'est pas une vie pour une fille de mon âge. Que, en tout état de cause, quelles que soient les circonstances, je n'ai jamais mené la vie d'une fille de mon âge.

J'imagine que cet été encore tu ne viendras pas, je ne te pose pas la question.

Emma

Le 29 juillet 1992

Maman

Merci pour ta lettre. Je ne savais pas que tu passais l'été entier aux États-Unis avec Daniel.
Ici, le temps passe tranquillement. Je suis souvent avec Frédéric, dont je t'ai déjà un peu parlé dans ma dernière lettre. Nous nous apprécions vraiment. Il vient aussi chez papi et mamie. Il a trouvé une distraction pour papi, ils jouent aux dames ensemble, et il fait preuve d'une patience incroyable.
Papi réagit lentement maintenant, et les parties peuvent parfois durer des heures, mais Frédéric reste assis sans s'impatienter, et joue, et papi est content. Je le sais, car il sourit, même s'il ne parle presque plus. Fred est incroyablement gentil, patient, présent, rassurant… Il dit souvent que l'éternité sera faite pour s'ennuyer, et qu'il faut jouir

de tout avant, pour partir en emportant des millions de souvenirs. Ce n'est pas gai. Mais je trouve que c'est très vrai.

Hier, en aidant mamie à ranger le grenier, j'ai trouvé une vieille photo. Nous sommes tous les trois dessus, papa, toi, et moi. Nous sommes tous les trois, mais c'était il y a si longtemps maintenant. Tout a tellement changé.

Je ne sais pas pourquoi, j'ai pleuré toute la nuit, j'ai presque vu le soleil se lever. J'étais inconsolable. Le chagrin est passé quand j'ai fini par m'endormir. Peut-être suis-je en train de vieillir, et ce n'est pas si simple. Vieillir, ce serait alors comme déchirer le rideau d'un théâtre, trouver de vieux décors qu'on a trop aimés, et les voir aussitôt s'effondrer en poussière.

Je vais rester au mois d'août ici, si tu veux me joindre. Fred sera là aussi tout l'été. Et mamie est ravie.

Emma

Le 21 août 1992

Maman

J'ai bien eu ton message me disant que tu seras à Paris le 23 et que tu m'y attends, puisque nous ne nous sommes pas vues depuis presque deux mois. Cependant je reviendrai plus tard. Je suis bien chez papi et mamie, et désire y rester jusqu'à la fin de l'été. Fred rentre le 29 à Paris en voiture, je reviendrai avec lui. Ce n'est pas contre toi, mais nous ne sommes plus à quelques jours près ; je ne suis plus cette petite fille qui pleurait la nuit lorsque les vacances duraient trop longtemps et que tu n'étais pas là, ni cette jeune fille qui voyait ses heures arrachées entre ses parents.

Je ne comprends pas bien ta réflexion, concernant Frédéric et ce que tu crois être de ma part des exigences ou des caprices. Je n'abuse ni de lui ni de sa gentillesse. C'est lui qui apprécie d'être avec papi, peut-être retrouve-t'il en papi le grand-père qu'il n'a jamais connu. Quant à moi, je tiens à passer le plus de temps possible ici. J'ai peur qu'en partant, je laisse pour toujours mon enfance, et j'ai peur de ne plus jamais retrouver ce que je vais quitter à la fin de l'été. J'ai peur et je crois que cette peur, c'est celle d'avoir vraiment grandi, d'avoir vu des fées s'évanouir, des rêves s'éteindre, et la mort ou son double qui viennent emporter tout cela. J'ai peur de tout cela. Parfois, elle m'envahit tellement que je ne bouge plus, je la laisse m'ensserrer, m'enfermer dans ses bras, et j'ai froid. J'ai tellement froid maman… Alors je pense à nous, à toi et moi, à l'enfant que j'ai été, qui venais te voir le matin dans ton grand lit, qui se serrait contre toi si fort que je te réveillais. Je repartais alors, j'allais dans la cuisine, j'avais ton parfum dans mes cheveux, et je n'avais plus peur. Tu n'étais pas loin, et si tu n'étais pas loin, c'est que tu étais là.

Je ne pensais pas que pour toi les larmes étaient une source de grande faiblesse. Et encore moins te peiner en te parlant de cette photo, qui doit indirectement te rappeler aussi des jours heureux. Pardonne-moi si je t'ai fait de la peine.

Je pense que ton histoire avec Daniel va s'arranger, vous allez très bien ensemble, il te correspond et approuve et aime tout ce que tu fais. C'est ce qu'il a passé l'hiver à dire, je te rappelle.

Aussi, si tu en es d'accord, je serai à Paris le 29 au soir, et dinerai avec toi. Fred et moi partirons suffisamment tôt pour être à Paris en fin de journée. Et j'aimerai que tu le rencontres.

Bon courage pour défaire tes valises, je sais que c'est fastidieux et que tu détestes faire ça seule.
Au 29, je t'embrasse,

Emma

1993

8 juillet 1993

Maman

Nous sommes bien arrivés hier soir chez papi et mamie. Fred conduit très bien, il est prudent, ce n'est pas le fou du volant que tu redoutes. Il a fait la route sans que je le relaie. Heureusement, car je n'étais pas en état de conduire, trop tendue et inquiète. Je n'arrivais pas à parler, j'avais cette boule dans la gorge qui ne faisait que grossir. Tu m'as appris à ravaler mes larmes et à ne pas montrer que je suis triste ou soucieuse, pour ne pas le faire porter aux autres. Mais en ce moment j'ai vraiment du mal à me contrôler. Et quand les larmes finissent par couler, Fred est là. Il me dit souvent que je devrais me laisser plus aller, que je n'ai pas besoin de porter une armure trop lourde pour moi. Parfois, il se moque de moi, il me dit que je suis comme une tortue et qu'il sait que ça ne va pas car je rentre ma tête dans les épaules, comme une tortue apeurée dans sa carapace. Ça me fait sourire ; et je repense à ce que tu me disais quand j'étais petite : “Allez, la tortue, on avance, on se presse, ne nous mets pas en retard !”

Frédéric est resté hier soir pour nous aider mamie et moi. C'est la seule chose dont je m'en veuille – lui voler ce temps qu'il pourrait consacrer à lui, et non à la mort qui rôde.

Il faut que tu viennes, maman. Papi est au plus mal, et trop de mauvais souvenirs et d'affreux pressentiments reviennent en le voyant.
Il ne peut plus manger et il est nourri par sonde. Il a tellement maigri… Ce n'est plus que le fantôme de ce qu'il était. Il ne voit plus, n'entend plus ou si peu, ne réagit plus…
Il faut vraiment que tu viennes. Cette fois, je n'y arriverai pas seule.
Je lui ai pris la main, et je lui ai dit que j'étais là. Je crois qu'il m'a entendue, ses paupières ont bougé, mais il n'a manifesté aucun autre signe particulier de compréhension.
Mamie m'inquiète beaucoup.
J'insiste maman pour que tu viennes. Le temps se compte en heures.

Emma

12 juillet 1993

Maman

Ce n'était pas un ordre que je te donnais, ni une intention de te rendre responsable ou coupable de quoique ce soit. Tu dis que ce n'est pas le cas mais je te respecte et respecte tes choix, tes peines, et ta colère contre cette vie qui nous enlève ceux que nous aimons. Papi ne sera certainement plus là dans quelques jours, et je me dis que pour mamie, ce serait bien que tu viennes la soutenir. C'est tout.

Fred nous aide, il s'occupe de la maison, fait les courses, entretient le jardin et en parle à papi, avec cet espoir si fugace que j'ai connu avec papa, que cela nous les ramènera à la vie. Mamie est rassurée de savoir un homme à la maison

Je vais aider l'infirmière pour les soins de papi, mamie n'a pas la force de le soulever.

Emma

P.S. : nous avons annulé notre voyage en Grèce, avec Fred, au cas où…

13 août 1993

Maman

Si je savais comment consoler mamie… Je donnerais tout ce que j'ai pour y arriver.

J'imagine que si Daniel n'est pas venu à l'enterrement, c'est parce qu'il ne connaissait pas papi.

Tu avais l'air fatigué. Je comprends tellement le chagrin que la perte de papi te cause, pour l'avoir traversé avec papa. Perdre son père… Pardon, je n'arrive pas à trouver les mots qui décrivent ce vide, ce précipice qui nous attend tous un jour mais que l'on veut ignorer, repoussant l'idée, la pensée d'un départ définitif.

Fred cherche des idées pour nous distraire. Il nous emmène faire de longues promenades en voiture. Il a trouvé l'adresse d'une petite auberge et nous y invite à déjeuner quand le temps le permet.
Je range les affaires de papi. La maison est terriblement triste, et le temps n'arrange rien. Il pleut par averses et nous avons peu l'occasion de sortir pour profiter du jardin, pour nous changer les idées. Le jardin qui semble avoir compris. Il perd son âme, il voit son coeur étouffer. Il meurt lui aussi lentement. Bientôt il ne restera que des photos, et des souvenirs. Et un jour sans doute, plus rien. Frédéric répète que, dès que ce sera possible, nous en referons ce que papi en faisait, nous lui redonnerons sa beauté. Je ne sais pas si j'en serais capable. Je ne sais pas si j'en aurais envie. Je ne sais pas si l'on doit refaire sur ce qui n'existe plus, si l'on doit se servir de la mort pour créer de la vie.

Je me disais que ce serait bon pour mamie de venir un peu à Paris. Elle pourrait faire le voyage en même temps que nous, fin août. Fred se propose de l'amener en voiture, et de la reconduire quand elle voudra rentrer, pour que tu n'aies pas à faire les trajets. Je suis certaine qu'elle serait heureuse de venir un peu à la maison, et ça lui changerait les idées. Je lui passerai ma chambre, et m'installerai dans le salon. À moins que tu n'ailles chez Daniel. Je n'ai pas compris d'ailleurs pourquoi vous ne viviez plus ensemble… Si tu es heureuse, c'est le principal.

Emma

16 août 1993

Maman,

Je ne veux pas t'imposer quoique ce soit, et à mamie non plus. Je suggérais qu'elle vienne un peu, mais si tu dis qu'elle est mieux chez elle, je te fais confiance, tu es sa fille. Il y a cet instinct naturel, entre mère et fille, et fille et mère, qui fait savoir ce que rien ne laisse dire ou deviner.

J'avais bien noté que tu pars dans deux jours avec Daniel à l'Ile Maurice et ne rentre que mi-septembre. J'aurais pu rester seule avec mamie en attendant ton retour.

Elle a beaucoup vieilli depuis le décès de papi, et je me fais du souci, mais peut-être trop. Elle marche peu. Elle mange moins. Elle passe des heures assise, sans rien faire, les doigts croisés sur son ventre, le regard qui s'enfuie je ne sais où.

Nous rentrons le 31 août, ou le 1er septembre, je ne sais pas.

Je suis tout de même déçue que tu ne sois pas d'accord avec moi sur le fait que mamie vienne.

Tant pis. Sans doute se remet-on des déceptions, quelles qu'elles soient…

Emma

1994

10 juillet 1994

Maman

Je ne t'écris qu'aujourd'hui, même si nous sommes à Boisléger depuis plus d'une semaine. Tu as dû avoir mon message sur le répondeur pour te dire que le voyage s'était bien passé. N'ayant pas de nouvelles de ta part, j'en conclue simplement que… pas de nouvelles … bonnes nouvelles.

Je suis avec Fred.
Je sais maman, tu ne voulais pas que nous passions l'été ensemble, tu ne l'apprécies pas, tu le juges intéressé, destructeur, néfaste pour mon travail, pour tout ce que je suis… Tu ne le connais même pas. Comment peux-tu juger de ce qui est bon pour moi, en étant toujours absente, et sans connaître ceux que j'aime ?
Mamie se remet de sa bronchite, son chagrin est moins dévastateur, elle recommence ses activités. Elle s'est inscrite dans une association, elle aide les enfants pour les devoirs après l'école, elle participle à un groupe de lectures, et elle s'est mise au qi gong. Elle veut vivre.
Elle est tellement contente que nous soyons là. Et Fred et moi sommes si bien avec elle… Une vraie famille, enfin. Elle nous regarde, elle ne dit rien, elle sourit. Je la sens… apaisée. Peut-être pour la première fois. Le jour de notre arrivée, elle m'a embrasse,

puis a reculé d'un pas, m'a regardée comme si elle ne m'avait jamais vue, et a dit : "Comme tu es grande… Tellement grande maintenant." Elle ne parlait pas à la perche dont tu te moquais. Je crois qu'elle parlait à mon coeur.

Je t'écris quand j'ai un peu de temps. Nous avons prévu beaucoup de choses pour cet été, et pas question de laisser mamie tourner en rond. On va peut-être même partir plusieurs jours lui faire faire la tournée des châteaux de la Loire, elle en rêve. Elle me raconte ses propres visites, jeune mariée, ou encore avec toi, lorsque tu lui tenais la main de peur de glisser dans les grands escaliers. Je ne les connais pas, mamie m'a dit que tu ne voulais jamais y aller quand j'étais petite. Je ne sais pas pourquoi, c'est passionnant pour des enfants. Je ne sais pas pourquoi tu me tenais éloignée du monde, celui des vivants et celui de l'Histoire, comme si tout était piège ou danger.

Une fois de plus ce sera un été sans que tu viennes à la campagne. Profite de ce que tu as prévu de faire.

Emma

19 juillet 1994

Maman, Isabelle.

Je t'écris à nouveau, comme je l'ai fait chaque été de chez papi et mamie, et ce depuis treize ans.

Tant de lettres restées sans réponse… Tant de mots dits, tant de larmes, tant d'espoirs. Tant de tout de moi que je te donnais, tant de rien de toi que tu m'adressais.

Celle-ci est la dernière, maman. Et je te dispense d'y répondre. Tu peux cette fois le prendre comme un ordre, ça m'est égal.

Non, ça ne m'est pas égal. Ce n'est pas un ordre, c'est une supplique. Je te supplie maman de ne pas répondre à cette lettre. Je te supplie de garder tes conclusions et tes remarques pour toi. Je te supplie de me laisser enfin être moi. De me laisser. Et si je le pouvais, je te supplierais de ne plus être ma mère. Je te supplie pour une chose et une seule : avoir un brin de décence, d'humanité, un instant.

C'est ma dernière lettre, la plus longue. La plus sincère.

Si tu y réponds, je ne lirais pas ta réponse.

Je ne lirai plus tes mensonges. Et tes inventions.

Tu te souviens de l'année où, encore émerveillée par toi, je répétais sans comprendre : "Les mots s'envolent, les écrits restent." ? Tous tes mots envolés, subtilisés, car jamais partis. Tous tes mots lancés comme des couperets, tes mots que rien n'efface, quoi que tu dises. Aucune excuse ne compte, rien n'est valable pour pardonner tes méchancetés, tes monstruosités, tes absences, tes dénis, tes faux oublis.

Et tous ces souvenirs que j'ai… Moi dans tes bras, moi contre toi, moi riant. Sans jamais une photo. Jamais de trace. Rien que tes mots, toujours tes mots, mais que tes mots. Existent-ils vraiment ces souvenirs, ou me les as-tu imposés, comme on marque une vache au fer rouge ? Me les as-tu tellement racontés que je les crois, je les croyais, je cherche encore à avoir leurs images ? Le vrai souvenir, celui que rien ne peut changer, est moi… Moi te cherchant, tout le temps.

Je ne veux plus te voir, maman. Ni te voir, ni te parler, ni entendre parler de toi. Je ne t'oublierai pas, tu m'as mise au monde. T'oublier serait m'oublier. T'oublier serait me mettre en danger, car combien sont-ils comme toi ? Tes images s'effaceront, lentement et certainement. Des photos qui jaunissent, sans laisser la moindre nostalgie à celui qui les observe. Nous n'aurons plus aucun contact. Jamais.

Tu ne sauras pas ce que je deviens. Tu ne sauras ni où, ni comment je vis. Si par hasard tu apprenais quoi que ce soit, ça ne sera jamais par moi. Et je vais tout faire pour qu'il n'y ait aucune indiscrétion. Pour que tu n'aies accès à rien. Pour te laisser dans ce silence que tu aimes tant, dont tu te sers avec aisance pour endormir ceux qui t'approchent. Petite, je te croyais fée. Tu n'es qu'une vouivre ; comme elle, tu aspires à être éternellement jeune et désirable. Tu aspires l'autre, le laissant exténué, exsangue, et immobile. Et, comme elle, tu es stérile. D'amour, d'amitié, de goût de l'autre, de regard sur l'autre.

Tu ne bénéficieras d'aucune de mes joies. Mes peines, tu t'en fous.

Tu ne viendras pas à mon mariage, je ne te préviendrai pas. Tu ne connaîtras jamais tes petits-enfants, mais je pense, je sais, que ce n'est pas ton problème.

Je vais me fiancer avec Frédéric. Tu ne l'aimes pas, sans le connaître. En refusant de le connaître. Tu le juges, sans savoir qui il est. Savoir qui me rend heureuse t'est insupportable, s'il ne s'agit pas de toi. Et lorsqu'il s'agit de toi, j'ai le devoir d'être heureuse, pour te permettre de parader. C'est exactement cela : je dois être heureuse, pour toi, pour que tu retires une fierté. Je suis heureuse grâce à toi… Le reste du temps je suis priée de me taire.
Frédéric et moi allons nous fiancer, nous marier, et être heureux comme mamie et papi l'ont été. Nous voulons fonder une famille. Nous allons le faire. En sciant les mauvaises branches de l'arbre, en n'en conservant que les racines, en donnent naissance à des fruits sans ver.
Tu n'en feras pas partie. As-tu simplement déjà appartenue à une famille ? Sais-tu même ce que le mot veut dire ? Ah… je vois cette moue que tu fais, ce sourire en coin qui se veut gentiment moqueur, qui n'est que cruauté, comme une lame comme on plante dans le cou du chevreau pour l'égorger tout en lui caressant les flancs, et tout cela qui doit dissimuler la noirceur de ton regard.

Hier matin, nous avons décidé mamie et moi de trier tout ce qui s'entasse encore entre la cave et le grenier. Il est temps de le faire. La maison sera louée cet hiver, mamie ne peut pas y rester seule. C'est elle qui l'a décidé, tout en se demandant – devrais-je dire en craignant ? – ta réaction. Je suis allée dans son sens. Tu ne viens jamais. Tu ne parles jamais. Tu es l'absente, l'indifférente, pourquoi se soucier encore de ce que tu dis ?

Derrière une malle j'ai trouvé une vieille poupée que je n'ai pas reconnue. J'ai cru un instant qu'elle était à toi. Mamie m'a dit que c'était un cadeau de papi, pour moi. Tu la trouvais ridicule, tu trouvais tous les jeux ridicules, tu trouvais tout ce qui venait de papi ridicule. Alors tu as caché la poupée, malgré mes pleurs. Je ne m'en souviens pas. La mémoire efface beaucoup, pour permettre à celui qui souffre de vivre. Mamie m'a raconté que tu avais pris cette poupée, tu me l'avais arrachée des mains, la tirant par les cheveux. Papi s'était mis en colère, il avait frappé du poing sur la table qui vous séparait. Et tu t'étais penchée vers lui, lui hurlant au visage que j'étais à toi, et que toi seule déciderait de ma vie. Je me suis enfuie, enfouie dans les jupes de mamie, m'étouffant dans mes sanglots. Tu es allée au grenier, et jamais je n'ai revu la poupée.

Quand tu es redescendue, tu as crié que tu partais, que tu rentrais à Paris, et que finalement, je n'avais qu'à rester là. Sans toi. Tu m'as regardée. Et tu m'as dit : "Puisque tu aimes autant l'odeur des greniers, reste ici. Les araignées joueront avec ta poupée, et les doigts de ta grand-mère joueront avec toi. Je reviens dans un mois. Tu ne sais que pleurer, tu ne fais que pleurer, reste-là, petite ingrate." Tu es partie.

Papa n'est pas venu me chercher. Mamie dit qu'il a appelé, peu de temps après ton depart. Et entre adultes, ils ont convenu que je reste ici, loin de toi, protégée de toi. Papa pensait pouvoir te calmer. Te changer. Pas pour toi. Pas pour lui. Uniquement pour moi. Papa ne savait pas qu'on ne change pas le vide. Tu es vide de tout sauf de ce que tu voles aux autres.

Tu as voulu m'oublier, me chasser de ta vie, faire pendant quelques semaines comme si je n'existais pas. Tu m'as fait le plus beau des cadeaux, Isabelle, ce jour-là. Tu m'as donné la chance de vivre chaque été, tu as permis que chaque année, mes grands-parents me ramènent à la vie, en coeur à coeur.
Tu m'as cachée, éloignée, chaque été, pour éviter de voir dans mes yeux l'amour que tu ne mérites pas, la peur que tu causes, la honte d'être ce que tu es.

Comme tu as toujours tout caché, tout dissimulé, tout transformé, tout détruit, tout voulu tenir dans le creux de ta main, pour pouvoir resserrer tes doigts et étouffer, broyer ce que tu tiens. Comme la pince de ces grues qui m'impressionaient tellement quand j'étais petite. Je les regardais et tu disais : "Regarde, il y a la maman grue, et le bébé grue." Et je me mettais à pleurer. Mes pleurs faisaient sourire papa, tendrement. "Ce n'est rien Emma, le papa grue revient, il est allé travailler." Je me souviens de ça. Je m'en souviens et c'est revenu cette nuit, comme un coup de poing. La main de papa autour de mes petits doigts, son baiser sur mon front, et sa voix chaude pour me rassurer. "Ce n'est rien, Emma..."
Écraser tout sur ton passage, c'est tout ce que tu cherches à faire, tout ce que tu sais faire.

Tu es en train de te demander par quelle pirouette tu vas t'en sortir. Tu es en train de hurler de rage, que je ne sois pas en fasse de toi pour m'interrompre, me baillonner avec tes reproches, pour dérouler

mille arguments et autant de fausses bonnes raisons qui devraient t'excuser.
Hurle, Isabelle. Hurle autant que tu veux. Je n'entends plus rien qui vienne de toi.

J'ai mis des années à te comprendre. Aujourd'hui, je vois clair. Enfin.
J'ai passé des années à chercher à être parfaite, pour toi. Petite, je pleurais quand je recevais mes lettres que tu avais corrigées. Je pleurais de honte, pensant te décevoir avec mes fautes d'orthographe. Mes grands-parents me consolaient, mamie me prenait dans ses bras, me berçait comme tu ne l'as jamais fait, me faisait des bisous dans le cou, sur le front, me préparait bien vite un bon chocolat qui me réchauffait… J'ai porté ce poids toute mon enfance. À l'école, je travaillais sans cesse, comme une brute, au point d'être plainte et freinée par mes professeurs – n'est-ce pas un comble ? - jusqu'à réussir tout, brillamment. Te souviens-tu de mon bac français ? Il fallait que je te remercie, que je te dise que sans toi je n'y serais jamais parvenue, que tu t'attribues les récompenses pour mes notes, maman. Pas les tiennes. Mes notes. Mon travail.

J'essayais, mais en vain, de correspondre à ce que tu attendais de moi. Du moins, ce que j'imaginais être ce que tu attendais. Car je sais aujourd'hui que quoique je fasse, quoique j'ai tenté, rien ne serait jamais allé, tu aurais toujours cherché à critiquer et à démolir ce que je faisais.

Tu ne voulais pas que j'ai d'amis. Je ne sortais jamais, je ne recevais jamais. Les scouts m'ont sauvée, un temps. Papa refusais mon isolement. Tu jetais sur les autres des jugements extrêmes, et je te croyais, et je me pliais encore, toujours, à tes volontés. Tu ne voulais pas que je m'amuse. Jouer était perte de temps, et pire encore pour toi, je risquais de me salir. D'avoir, apparentes, les taches de ton âme.

J'étais écartée de tout, de ce qui aurait pu m'éloigner de toi, me protéger de toi, de ta toute puissance « maternelle », ce qui aurait pu me faire voir que la vie pouvait être autre chose que le moule dans lequel tu voulais me couler.

J'ai cru pendant des années que si tu ne venais pas l'été, c'était à cause de ton travail. Comme je me trompais ! Tu étais bien heureuse de rester sans moi à Paris. Tu menais la grande vie, tu entrainais papa dans tes frasques et le faisais céder à tes caprices. Tous tes caprices, tes lubies, tes folies. Il y a eu des indiscrétions, maman, et mises bout à bout, je comprends enfin ce que tu faisais. Non, ton travail ne t'a jamais occupée tant que ça. Mais pour séduire, une enfant est gênante. J'étais bien mieux chez papi et mamie, alors que tu faisais la belle à Paris. Tu me manquais cruellement, j'attendais tous les jours ton arrivée, et toi tu comptais les mêmes jours, les mêmes nuits, redoutant l'instant qui t'obligerait à me reprendre, paquet bien trop lourd à porter pour ta futilité malsaine et maladive.

Tu ne me voulais pas heureuse à Paris, et tu me voulais encore moins heureuse en vacances, faisant tout pour m'en dégoûter. Pas de sortie, pas d'activité, pas d'ami… Un grand-père injuste, ronchonnant devant sa petite-fille, l'obligeant presque à choisir entre lui, et sa maman. Non, papi n'a jamais fait ça. Il n'a jamais été comme tu le décrivais. Papi, mamie, chacun à leur manière, ont tout fait me protéger, pour être ce paravent, qui me faisait imaginer que tu étais, que tu es une bonne mère.
J'étais seule avec eux, et eux faisaient tout pour moi. Tout ce que tu autorisais, seulement ce que tu autorisais, n'y rajoutant que ce qu'ils pouvaient, et ce qu'ils avaient à donner : des sourires, de la tendresse, de la surprise… Tout ce qu'une enfant désire, rien de plus. Tout ce qui rassure, nourrit, berce et permet de grandir. Ce qui est gratuit et vaut tellement, prenant naissance au creux d'un coeur, cherchant seulement à en nourrir un autre.
Comment une adolescente peut-elle aimer ce type de vacances, seule avec ses grands-parents ? Sans doute parce que leur amour a masqué tout le reste, tout le manque de vie normale d'une enfant de quatorze, quinze ans. Et toi, cruelle encore, perfide encore, tu le savais. Et tu savais combien les silences de tes parents me protégeaient si peu de toi, te protégeaient tellement de tous.

Et puis papa… Papa qui un jour en a eu assez de tes tromperies, de tes mensonges. De tes dissimulations et de tes manipulations. De toi. Je devine la cause de votre rupture. Il a cherché à être heureux autrement, ou devrais-je dire, simplement ? Et sachant que je

grandissais et pourrais un jour me séparer de toi, Isabelle, il a décidé de partir. Il a choisi de vivre. Il ne pouvait pas deviner que sa vie, sa vie pleine et heureuse, serait si courte.
Papa a rencontré Sylvie. Elle ne mérite ni ton mépris ni ta critique. Ce sont tes armes bien stériles pour tenter de l'abattre. Elle a su s'occuper de papa, et jamais je ne l'ai vu aussi heureux. Même à la fin, quand la maladie l'emportait, il lui disait encore « Je t'aime » comme si c'était la première fois. Elle était une glace sans tain pour toi. Tu ne la voyais pas, tu te voyais en elle, ta face noire, ta face cachée, dissimulée, maquillée. Elle est ton positif, tu es le négatif de tant de vies ! Tu m'as toujours dit la connaître, tu m'as répété mille fois que je devais m'en méfier. C'est toi qui t'en méfiais maman. Toi qui crevais de trouille à l'idée qu'elle me dise un jour ce que tu es vraiment, tout le mal que tu avais fait à papa, ce que tu risquais de me faire comme mal, à moi. Mais Sylvie est une femme respectueuse tout autant que respectable. Quand bien même aurait-elle eu des choses à dire, elle ne se serait jamais permis de le faire. C'était à moi de découvrir, de comprendre qui tu es vraiment, maman, pas à elle de me le dire.
C'est le drame, Isabelle, avec les gens comme toi. Les autres se taisent, de peur de blesser. Mes grands-parents, papa, Sylvie… C'est ce qu'ils ont fait. La seule qui en sortait chaque fois plus forte, plus victorieuse, plus ignoble, c'était toi.

J'ai vraiment cru que la mort de papa t'avais bouleversée, et que c'est pour cela que tu n'étais pas là, que tu n'étais pas avec moi.

Pour ne pas me montrer ton chagrin. J'ai même cru que tu voulais m'épargner… J'ai tellement cru, tellement espéré de toi, et puis petit à petit, pour toi… Quelle conne ! Tu t'en moquais bien de ma peine ! Tu t'en moquais bien que papa ait souffert mille morts avant de partir. Toi, t'avais eu ton fric - pas assez, tu as tellement pleuré sur la monstruosité de papa qui te laissait à peine de quoi vivre, à entendre tes jérémiades perpétuelles ! Tu avais Daniel, tu venais de faire ton premier lifting, et te connaissant, j'imagine qu'il y en aura d'autres. Tu voulais juste la belle vie.
Ce qui te gêne, maman – Isabelle, tu le chasses, tu le détruis, et tu avances sans jamais regarder en arrière, sans jamais te retourner.

A la mort de papa, tu as eu honte, honte pour la première fois de ta vie, honte de ta méchanceté, de ton indifférence, de ton égoïsme. Honte ? Non, je me trompe encore. Je t'accorde encore une part d'humanité qui te va si mal, que tu abimes si bien. Tu as eu peur. Affronter ta belle-famille ou ce qui l'avait été t'était impossible. La peur d'être découverte, la peur que ton vrai visage n'explose au grand jour, la peur de ne plus tenir les rênes. Voilà pourquoi tu n'étais pas là.

Tu m'as toujours dit qu'ils te rejetaient. C'est faux. Ils se méfiaient de toi, comme on se méfie de la gale. C'est ce que tu es, maman, une gale, une vermine. Tu es de la pourriture et de la gangrène. Tu es insidieuse, tu t'installes, et tu te mets à gratter, à démanger, et ceux que tu attaques perdent leur peau à ton contact, perdent ce qu'ils sont. Tu es mauvaise, maman, tous le savent, et te détestent pour ce que tu es. Si juste détestation !

Quand papa nous a quittés, je ne m'en rendais pas encore compte. Je ne comprenais pas, je ne te comprenais pas. Je refusais de comprendre. Tu es ma mère… Comment pouvais-je t'imaginer mauvaise ? C'était moi qui le devenais en me mettant à y penser, et je culpabilisais de faire de toi la méchante. J'ai eu plus de peine quand papi est tombé malade, et que jamais, jamais tu n'es venue, malgré mes lettres et mes demandes. Tu as laissé mamie avec sa souffrance et sa fatigue. Tu as laissé papi qui luttait, qui attendait, qui t'attendait, toi. Jusqu'à la fin, il espérait, et s'en voulait d'espérer l'impossible. "Un adulte ne rêve plus, Emma. Un adulte crève de ses rêves, s'il n'a que ses rêves pour vivre." Voilà ce qu'il a murmuré, peu de temps avant la fin. Tu m'as laissée me débattre et trouver des solutions. Et tu n'es pas venue. Je t'en ai voulu cette fois, et je n'ai pas culpabilisé de t'en vouloir, de te reprocher cet abandon. Ce n'était pas la premier. Mais je ne le savais pas. J'ai tellement oublié pour pouvoir pardonner.

À l'enterrement, beaucoup m'ont demandé qui tu étais. Absente du village depuis si longtemps, transformée par ta coiffure, tes vêtements de marque, ton maquillage ostentatoire, ils ne reconnaissaient pas la jeune fille que tu avais été. Seule une personne a tout de suite compris que sous les apparences, tu étais toi. Germaine, la vieille bonne du curé, qui t'avait fait la catéchèse, petite. « Elle a changé. Tout a changé, sauf son regard. Elle a toujours l'air aussi méchant. Peut-être même un peu plus. »

Une fois encore j'ai voulu te défendre. Mais peu à peu les gens se mettent à parler, maman. Et puis surtout, et malheureusement pour toi, j'ai grandi.

Tes ordres, tes contre-ordres, ta mauvaise foi, ton déni permanent de tes propres actes, tes paroles, et tes silences, ton refus de discussion, tes argumentations, tes propres contradictions et tes paradoxes, ta manière d'accuser, de mettre en tort, toujours, tout de suite… Tout ce qui est, ce qui n'est que toi… Un odieux mensonge.

Mamie et papi, qui disaient tant de choses que je comprenais pas, petite. Parfois je leur en voulais tellement, je les trouvais méchants avec toi… Ils souhaitaient juste me protéger, me donner tout ce que tu avais rejeté venant d'eux, et tout ce que tu me refusais. De toutes ces choses, une en particulier m'a été donnée et apprise par eux, une dont tu ne connais rien, jusqu'au sens même : l'amour.

Une dernière chose. Quoique tu fasses, quoique tu dises, je vais vivre avec Frédéric, l'épouser, et nous serons heureux. Plusieurs fois tu m'as dit que tu craignais pour moi. Que tu avais peur qu'il soit violent. Violent, il l'est, il l'est pour toi. Il l'est par sa bonté. Sans doute aurais-tu aimé que je rencontré un homme qui te ressemble, avec lequel tu aurais pu t'allier pour mieux me détruire encore. C'est raté, Isabelle. J'ai rencontré un homme qui sait aimer, et je sais reconnaître ce sentiment. Papa me l'a appris. Comme papi et mamie.

Je serai heureuse, sans toi. À un moment, je pensais pouvoir encore écrire : avec ou sans toi.

Ce sera sans toi, c'est tout. Non pas que tu ne veuilles pas me voir. D'ailleurs je me fiche de ce que tu veux, ça ne compte plus pour moi. C'est moi qui ne veux pas. Tu as rendu tes parents malheureux et malades. Tu as brisé papa. Tu as voulu me posséder et m'écraser.

Fais attention à Daniel, il commence à se réveiller.

Moi je te laisse. Je vais veiller à ce que plus jamais tu ne me nuises.

Je vais veiller à ne plus veiller sur toi.

Et je ne reviendrai jamais.

Adieu, Isabelle.

Emma

2014

19 juillet 2014

Voilà vingt ans que je t'ai écrit pour la dernière fois. Vingt ans de silence. Vingt ans sans toi.

Vingt ans à me cacher, à te fuir afin que tu ne me retrouves pas. Vingt ans à espérer un signe. Mais tu n'as rien fait. Rien n'est venu. Je t'avais dit que je ne voulais plus un mot de toi. Pour la première fois de ta vie, tu m'as écoutée. Respectée, non. Ecoutée. Et je sais que tu n'as pas vu passer ces années comme moi. Au fond de toi tu étais nourrie de cette certitude : un jour, je t'écrirai à nouveau. Tu n'avais pas tort. Ce jour est arrivé.

Frédéric et moi nous sommes mariés. Nous avons eu trois enfants. Trois beaux enfants, que nous aimons, protégeons, respectons. Trois enfants libres de leurs choix, libres dans leurs vies. Trois enfants auxquels nous n'avons jamais menti – j'ai une telle haine des secrets, les secrets lourds à porter, ceux qui traversent les générations autant qu'ils les transpercent. Les secrets que je trainais sans le savoir, à chacun de mes pas. Ils étaient un boulet et j'avançais dans la vie comme un fantôme. Mes enfants savent pourquoi ils ne te connaissent pas. Je ne t'ai ni idéalisée, ni diabolisée. Je t'ai racontée telle que tu es. Ils ont connu mamie, pas assez… Elle ne leur a jamais parlé de toi. Elle a cessé de parler de toi lorsqu'elle a compris que tu ne viendrais plus jamais. Même à son enterrement, tu n'étais pas là. Pourtant, c'était une occasion de te faire plaindre et de pleurer. Où était-tu ce jour-là ? Sur quelle île bronzais-tu, sous quel bistouri te faisais-tu tendre un peu plus la peau ?

Je t'ai racontée à mes enfants. Ils savent que s'ils ne te connaissent pas, c'est pour les protéger. Pour qu'ils ne risquent pas de se perdre comme je me suis perdue, sur des chemins brumeux, escarpés, ensorcelés par un maléfice ou hypnotisés par cette voix que tu savais, parfois, rendre si douce. Tu n'es pour eux ni la sorcière de Blanche-Neige, ni la fée à laquelle je croyais. Tu n'es pas morte, ils te savent bien en vie… Pour eux, tu n'existes pas.

Frédéric et moi avons connu des tempêtes. J'ai chaviré, il m'a retenue, sauvée de la noyade. Tu te trompais sur lui, comme tu trompes ton monde et comme, surtout, tu cherches à te tromper tout le temps, sur toi. Il n'a rien de cruel, rien de destructeur, rien de terrifiant, rien d'envahissant. Un jour, il n'a plus pu résister au typhon qui m'engloutissait. C'était il y a dix ans. Quelques heures effacées pour toujours de ma mémoire, gommées par une dose de médicaments suffisante pour m'éteindre, pas pour me tuer. Quelques jours dans une chambre blanche et isolée. Et quelques semaines, à la campagne, éloignée, pour commencer à me réparer. Puis ces dix ans à me battre contre tous, contre toi, contre moi. Dix ans pour chasser la colère, et ne plus dépendre de toi. Je mordais ceux qui t'attaquaient et je blâmais ceux qui te défendaient. J'attendais qu'on me parle de moi.

J'ai grandi. Et c'est parce que j'ai enfin grandi que je peux le dire, sans crainte, sans colère, sans peine. J'ai souffert à cause de toi, et de tous ces manques dont tu m'as gâtée. Le manque d'amour, le manque de temps, le manque d'intérêt, le manque d'attention, le manque de regards, le manque de tendresse, le manque de toi. Ma mère me manquait chaque jour, *maman* me manquait… et je courrais derrière un mythe que mon esprit, seul, avait créé. La mère idéale, la mère parfaite, celle que tout le monde m'envierait. J'ai cherché à te plaire, toujours. J'ai cherché à te convenir, tout le temps. Je me suis crue coupable de tout, j'avais honte de moi, et de ce qui me rendait trop stupide pour comprendre, pour te comprendre. Je comprenais que tu n'avais rien d'une mère.

J'ai eu une génitrice.

Pourquoi maman ne m'aime pas ? Combien de fois me suis-je posé cette question ? Je n'ai pas la réponse. J'ai cessé de me la poser. Maman ne m'aime pas. Maman n'aime personne, même pas elle. Maman est vide, maman a besoin des autres pour exister. Elle les prend, comme un jeu, pour se faire un *je*. Si maman perd ses jouets, maman n'a plus de *je*. Qu'es-tu, maman, depuis que je ne suis plus là ? Maman ne m'aimera jamais, et ça n'a rien à voir avec moi.

Je me revois, assise sur une chaise des heures durant, le regard fixe. Fixé sur rien. Un regard de statue d'argile ; je te laisse le marbre. Je me revois, la tête dans les mains, pleurant sans bruit, les larmes qui coulent sans laisser de trace, sans raison particulière et pour la meilleure raison du monde : maman ne m'aime pas. J'ai été la fille aux yeux vides, la fille dont on ne s'approche pas, que l'on fuit comme on fuit la maladie. J'étais malade. Malade de toi. Je ne crois pas qu'on guérisse un jour de cette maladie. On apprend à vivre avec. Comme l'amputé apprend à vivre sans sa jambe, on avance, déséquilibré, instable parfois. Mais on avance. Comme celui qui souffre de son membre absent, on a mal jusqu'à ne plus sentir la douleur, jusqu'à sentir lorsqu'on ne souffre pas.

J'ai été en colère. Une colère sourde, interdite, qui s'étouffe à l'instant de s'exprimer, pour ne pas déranger. Il ne faut pas déranger l'ordre établi lorsque ce sont des gens comme toi qui l'établissent. On ne met pas un terme à la dictature sans y être préparé. C'est pourtant ce que j'ai fait. J'ai fui ta dictature, et ce fut l'anarchie. Dans ma tête. Le cerveau explosé, le coeur déchiré et la pensée coupée en deux parts égales, celle du bien et celle du mal. Aller vers le mal me faisait du bien, j'y avais mes repères. Aller vers le bien me mettait à mal – je n'y connaissais rien. Je passais en un instant du rire aux larmes. Je me surchargeais d'occupations, puis je restais prostrée, sans raison, observant tout ce que je commençais sans jamais ne rien pouvoir finir. Tout devenait soudain si lourd, si difficile, si inutile. Assise encore, statique, détachée du monde et détachée de moi, lasse de tout, effrayée partout.

Je n'ai pas vécu. J'ai été en survie. J'ai interrogé, consulté tous ceux qui voulaient bien m'écouter. Jusqu'à comprendre cette phrase si souvent répétée : *Ne subissez pas ce qui ne vous appartient pas. Rendez à son propriétaire ce qui lui appartient.*

Je te rends tous tes manquements.

Je me suis guérie de toi, autrement. J'étais malade de toi sans avoir aucune maladie. J'ai cru que j'étais folle. Et ça m'a rendue folle de le croire. La rage est devenue colère. Et la colère est devenue raison. Raison de vivre ; raison d'exister. Tu ne me tueras pas en dépit de la distance, au-delà du silence que j'ai choisis. Ton absence ne sera pas victorieuse. Je ne crèverai ni à cause de toi ni pour toi.

J'ai perdu un être cher au-delà de tous. Toi. *Aujourd'hui maman est morte. Ou peut-être hier, je ne sais pas.* J'aurais pu l'écrire, mais pour écrire, il faut du talent. Il faut avoir quelque chose à dire. Et il faut que ça n'ait pas été écrit avant. Ma maman est morte, celle dont je rêvais, et celle en laquelle je croyais. Je suis orpheline de cette mère-là.

J'ai accepté tout jusqu'à ma peine.

J'ai accepté en dépit de tout jusqu'à cette colère qui m'a réveillée.

J'accepte aujourd'hui de ne pas t'accepter pour pouvoir vivre. J'accepte surtout d'être moi, un *moi* que tu hais car bien réel et bien présent. Je me pardonne mes erreurs, je me pardonne mes peurs et mes mauvais jugements. Toi, je ne te pardonne plus rien. Je ne te nomme plus. Le vide n'a pas de nom.

Sans aucun pardon, je te remercie d'une chose. J'aime la vie. Et j'aime enfin celle que je suis. Car je sais que je ne te ressemble pas. Et que je me le dois. Mes enfants vont bien et ma maison est jolie. Mon travail me plait et j'y excelle – comment faire autrement ? C'est encore ce que je cherche. Faire au mieux, sans chercher la perfection. Me plaire à moi. *Me* plaire.

Frédéric… Frédéric est un mari, un ami. Il est. Sans lui, je ne serais plus là. Il ne me supporte pas, il ne me guérit pas. Il m'accompagne.

Je m'appelle Emma. J'ai 42 ans. Je ne suis pas parfaite. Je ne cherche pas à l'être. Je ne crains plus de ne pas l'être.

Je m'appelle Emma, j'ai 42 ans. Et *je* suis.

Printed in Germany
by Amazon Distribution
GmbH, Leipzig

16128610R00075